www.lenos.ch

Alain Blottière

Wie Baptiste starb

Roman

Aus dem Französischen
von Margret Millischer

Lenos Verlag

Die Übersetzerin
Margret Millischer, geboren 1957, studierte am Wiener Dolmetschinstitut und an der ESIT in Paris Französisch und Italienisch sowie in Wien Romanistik und Kunstgeschichte. 2001–2017 Lehrbeauftragte am Zentrum für Translationswissenschaft der Universität Wien. Zahlreiche literarische Übersetzungen aus dem Französischen, u. a. von Jean-Michel Maulpoix, Abdellah Taïa, Bernard Noël und Driss Chraibi. Lebt als freiberufliche Übersetzerin und Dolmetscherin in Wien. margretmillischer.wordpress.com.

Die Übersetzerin und der Verlag danken dem Centre National du Livre für die Unterstützung.

Der Lenos Verlag wird vom Bundesamt für Kultur mit einem Strukturbeitrag für die Jahre 2016–2020 unterstützt.

Titel der französischen Originalausgabe:
Comment Baptiste est mort

Erste Auflage 2019

Satz und Gestaltung: Lenos Verlag, Basel
Umschlagfoto: Mariano, Wikimedia Commons, lizenziert unter
CreativeCommons-Lizenz by-sa-3.0-de
Printed in Germany
ISBN 978 3 85787 495 6

»… eine andere Form von Intelligenz,
die des Geheimnisses.«

Jean Baudrillard
(*Le mal ventriloque,*
Carnets de l'Herne, 2008)

1

– Baptiste, erzähl, wie diese Geschichte begonnen hat.

– Ich heisse jetzt Yumai.

– *Yumai?*
– Ja

sie haben mir diesen Namen gegeben.

– Baptiste, diese Geschichte ist jetzt vorbei

du willst doch wieder zu uns zurückkommen?

Kannst du dich an den Tag erinnern, an dem sie dir diesen Namen gegeben haben
Yumai?

– Ich glaube, es war am Tag meiner Geburt

ich kann mich nicht daran erinnern.

– Wie alt bist du, Baptiste?

Yumai, wie alt bist du?

– Vierzehn.

– Du bist also vierzehn Jahre alt
und sie haben dir diesen Namen am Tag deiner Geburt gegeben?
Wie konnten sie vor vierzehn Jahren wissen, dass du 4000 Kilometer von ihrer Wüste entfernt geboren wurdest?

– Sie haben es nicht gewusst

ich wurde vor vierzehn Jahren nicht als Yumai geboren.

– Das verstehe ich nicht

kannst du es mir erklären?

– Das ist schwierig

nach der Entführung
ich weiss nicht, wann
wurde ich für sie geboren, ich wurde zu Yumai

sie sagten zu mir, dass der Fuchs in einem Märchen Yumai heisst
mein Name hat mit dem Fuchs zu tun und mit meinen Haaren
sie haben die gleiche Farbe wie der Sand

aber sie haben nicht einfach eines Tages zu mir gesagt: Ab heute heisst du Yumai ich war schon Yumai, als ich meinen Namen zum ersten Mal hörte.

– Und erinnerst du dich an dieses erste Mal?
– Ja.

– Willst du es mir nicht erzählen?

Haben sie auch deinen Brüdern einen Namen gegeben?
– Nein.

– Hast du eine Ahnung, warum?

Yumai, ich habe dir eine Frage gestellt
dreh dich herüber
schau mich an
ist etwas mit dem Büro hier?

– Es stinkt, alles ist scheusslich
man erstickt ja

– Tut mir leid, wir haben keine Wahl
wir können nirgendwo sonst hingehen

ich werde das Fenster aufmachen

geht es so?
Mach die Augen zu
ich bin sicher, du kannst fliegen, wohin du willst, wenn du die Augen schliesst.

– So ein Blödsinn.

– Ich möchte gerne, dass du mir ein bisschen etwas erzählst.

– Erzählen

es gibt Dinge, die ich erzählen kann
aber es gibt auch Lücken
da kann ich mich überhaupt nicht erinnern

ich erinnere mich zum Beispiel
an die magischen Sterne in der Nacht

an das Glücksgefühl im Schatten
bei Tag
die Freude über das Wasser

das Wasser, das in den trockenen Mund rinnt
hinunterläuft
und den Durst löscht, an dem ich stundenlang gelitten hatte.

– Du hast zu mir gesagt, du erinnerst dich an das erste Mal, als dich jemand Yumai und nicht mehr Baptiste genannt hat.

– Sie haben mich nie Baptiste genannt

für sie war ich gar kein Mensch
bevor ich Yumai war
nicht mal ein Tier
nicht mal eine Gazelle
nicht mal ein Kamel

ich hatte keinen Namen

warum möchten Sie wissen
wann ich zum ersten Mal verstanden habe, dass sie mir diesen Namen gegeben hatten?

– Es ist wichtig, weil an diesem Tag eine Verbindung zwischen euch entstanden ist
ich würde gern verstehen, was für eine Verbindung das war

nun?

– Ich verstehe die Sache mit der Verbindung nicht.

– Aber du hast doch Baptiste geheissen, Yumai
als dir deine Eltern diesen Namen gaben, haben sie dich in eine Gemeinschaft aufgenommen

das ist die Verbindung durch die Taufe

ich frage mich also, warum diejenigen, die dich Yumai nannten, eines schönen Tages wollten, dass du weisst, dass sie dich adoptiert hatten.

– Sie haben mich gesucht

sie haben mich gerufen

Yumai! Yumai!

ich hörte das Wort, ich wusste noch nicht, dass es mein Name war

es hallte in den Bergen wider

sie waren zu viert, als sie mich suchten

Yumai! Yumai!

von allen Seiten hallte es wider, und ich sah sie nicht.

– Warum haben sie dich gesucht?

– Ich war ausgerissen.

– Du warst ausgerissen?

Ganz allein?

– Ja

in der Nacht

Tajoud war eingeschlafen, da habe ich die Gelegenheit genutzt

alle schliefen unter dem Baum

es war, kurz nachdem sie das erste Video aufgenommen hatten

ich stellte mir vor, wenn ich immer geradeaus ginge

egal in welche Richtung
würde ich irgendwann etwas finden
eine Sandpiste
eine Strasse
ein Dorf
als es in der Früh hinter den Bergen etwas hell wurde, beschloss ich, in diese Richtung zu gehen
nie davon abzuweichen und die Berge zu überqueren

ich marschierte stundenlang, es gab keinen Schatten, ich kam fast um vor Durst

und dann bekam ich Angst

ich hatte nicht zum ersten Mal Angst
aber ich war dort ganz allein
wirklich allein wie noch nie in meinem Leben

keine Bäume
nur Sand und Steine

ich weiss nicht, wie, ich erinnere mich nicht, ich erreichte die Berge und erwachte neben einem Felsen liegend
im Schatten
ich dachte mir, ich würde dort sterben

und dann hörte ich ihre Stimmen
Yumai! Yumai!

Usman hat mich gefunden

er sprach Englisch

mehrere von ihnen sprachen Englisch, er, Amir, Idris, Tajoud, Darling

damals hatte ich noch kein einziges Wort Arabisch oder Mandi gelernt

ich bat ihn um Wasser, er antwortete nicht

er zielte mit seinem AK-47 auf mich

es war nicht das erste Mal, aber da dachte ich, es ist aus

und dann drehte er das Gewehr nach oben und schoss in die Luft

die anderen kamen

zuerst Amir

er zog mich an den Haaren hoch und sagte zu mir: Das nächste Mal, Yumai, bring ich dich um

so habe ich meinen Namen erfahren

er gab mir zu trinken

er trug mich, als ich nicht mehr gehen konnte

er sagte immer wieder den gleichen Satz, next time, Yumai, I'll kill you, next time, Yumai, I'll kill you ich glaube, ich bin in seinen Armen eingeschlafen

jetzt werden Sie zufrieden sein, ich habe viel erzählt.

– Hat er dich bestraft?
– Amir?

ja
er hat mich an ein Motorrad gebunden, in der Sonne, und ich durfte den ganzen nächsten Tag nichts trinken

meine Mutter flehte ihn an
Amir drohte ihr, sie umzubringen, wenn sie nicht still sei

und Tajoud peitschte er aus
sein Rücken blutete.

– Hast du versucht, noch einmal zu fliehen?
– Nein
nie mehr.
– Weil du Angst hattest, dass er dich umbringt?

Yumai, hattest du Angst, dass er dich umbringt?

– Ich hatte immer Angst, dass er mich umbringt, auch wenn ich nicht ausgerissen bin.

– Aber du hast nicht einmal mehr daran gedacht
sie mussten dich nicht mehr anbinden
du warst gebunden
an sie gebunden durch diesen Namen

du hast nicht mehr daran gedacht zu fliehen

Baptiste konnte davonlaufen, Yumai nicht.

– Ich verstehe nicht, was Sie sagen
ich konnte nicht fliehen, das ist alles
ich wäre gerne geflohen, aber ich konnte nicht.

– Ich würde gerne wissen, warum sie dir einen Namen gegeben haben, nur dir

es muss einen Grund haben, dass sie dich ausgewählt
und nicht umgebracht haben

du musst nachdenken, wir werden morgen darüber reden

versuch, dich an Einzelheiten zu erinnern
das kann ein Wort sein, eine Geste
ein Blick
ein Lächeln

etwas, was von ihnen kam oder von dir und weshalb sie dich ausgewählt

und vielleicht sogar geliebt haben.

– Gut geschlafen?

– Ich träume immer von dort, die ganze Zeit
und oft sind es Albträume

diesmal habe ich vom Lager geträumt, von einer List, die ich mir ausgedacht hatte, um zu einer zweiten Dose Sardinen zu kommen

ich schleuderte die leere Dose so weit weg wie möglich, hinter den Baum, und sagte zu ihnen, sie hätten mir seit dem Vortag nichts gegeben

ich flehte sie an, ich weinte, und Haji kam mit der leeren Dose, warf sie vor mich hin

sie war voller Blut, ein Skorpion kroch heraus, er sagte zu mir: Iss, es ist noch was drin!

– Hattest du oft Hunger?

– Vor der Trennung hatten wir die ganze Zeit Hunger

die Kleinen wollten zu essen, meine Eltern sparten sich von ihrem Teil etwas ab

sie teilten sich eine Sardine

das war alles für den ganzen Tag

der Rest der Dose und die Kekse waren für uns

nach der Trennung gab es genauso viel für mich allein wie vorher für uns fünf.

– Und das Alleinsein hat dir nicht den Appetit verdorben.

– Ich war nicht allein
ich war nie allein.
– Du hattest ja eine neue Familie.

– Es war gar keine neue Familie

es war überhaupt keine Familie.

– Und fehlte dir deine Familie?

– Nein, jetzt bin ich Yumai, ohne Familie
ich bin nicht mehr derselbe.

– Glaubst du, dass deine Familie zurückkommen wird?

– Man wird sehen.
– Bist du vor der Entführung mit deinen Eltern gut ausgekommen?

– Nein, nicht besonders gut

wir haben nicht mehr viel miteinander gesprochen
oder nichts Wichtiges

meine Mutter lebt nur in ihrem religiösen Wahn
und mein Vater macht es ihr nach, er macht alles, was sie will

ich habe das nicht mehr ausgehalten, das Gebetbuch
ihr Gottvertrauen

dort beteten sie die ganze Zeit, mehr noch als die anderen, das hat mich wahnsinnig gemacht
meine Mutter glaubte, sie würde für ihre Sünden bestraft
aber welche Sünden?

Ich glaube nicht mehr
mein Glaube ist im letzten Jahr einfach verschwunden

eines Tages bemerkte ich, dass ich nicht mehr glaube, an den Himmel, an die Hölle
ich ging nicht mehr in den Religionsunterricht, das war ein Drama zu Hause
und seither kommen wir gar nicht mehr miteinander aus
wir verstehen uns nicht mehr.

– Sie haben deine Eltern beten lassen?
Christliche Gebete?

– Ja, sie haben das respektiert

und dreimal am Tag haben alle gleichzeitig gebetet

jeder nach seiner Religion, fünf Meter voneinander entfernt

ich war der Einzige, der nicht gebetet hat

eines Tages
liess mich Amir kommen und fragte mich, warum
warum ich nicht betete
ich sagte zu ihm, ich würde nicht mehr glauben
da begann er zu schreien, das sei das Ärgste, was jemandem passieren könne
das sei abscheulich, ich würde dafür den Tod verdienen

um ihn zu beruhigen, sagte ich zu ihm, was meine Eltern immer sagen: es sei eine Prüfung, die Gott mir sende
das hat ihn nicht wirklich beruhigt
er fragte mich, für wen ich mich hielte, wie ich glauben könne, dass Gott sich besonders für mich interessiere.
– Vielleicht war das der Moment, in dem sie einen Unterschied zwischen dir und den anderen Familienmitgliedern gemacht

und dich abgesondert, dir einen Namen gegeben haben?

– Bald danach habe ich die Arabischstunden mit Idris begonnen.

– Arabischstunden?

– Amir wollte es

damit ich den Koran lesen könnte

es war gut
Idris war geduldig

und so verging die Zeit schneller

und dann dachte ich, wenn Amir will, dass ich Arabisch lerne, dann würde er uns nicht umbringen.

– Er würde *dich* nicht umbringen.

– Nein, ich wusste nicht, dass sie uns trennen würden
wir waren alle zusammen
ich dachte mir, sie würden uns alle zusammen umbringen oder gemeinsam freilassen.
– Und du hast nicht verstanden, dass sie dich schon von deiner Familie getrennt hatten?

– Nein, erst als sie anfingen, mich Yumai zu nennen

dann ja, ich war schon Yumai, aber ich wusste es noch nicht.

– Und der Koran?

– Das war wie ein Spiel, den Klang der Zeichen zu finden
mir gefiel der Klang, aber er hatte keinen Sinn

so lernte ich drei Suren auswendig

wie unverständliche Lieder
das war alles, was Amir wollte
er wollte hören, wie ich es aufsage
ich tat es jeden Abend, nach dem Sonnenuntergangsgebet
und wenn ich nicht weiterwusste, sagte er mir die Worte ein.

– Was du mir erzählst, ist unglaublich, Yumai
das haben wir in der langen Geschichte der Entführungen durch diese Fanatiker noch nie gehört
ein Entführer, der seiner Geisel den Koran beibringt und sich dann zu seiner Unterhaltung aufsagen lässt im Mondlicht
das kann nicht sein, Yumai, das musst du geträumt haben.

– Es wird Ihnen nie gelingen.
– Was?
– Zu erfahren, wer sie sind

und sie zu töten.

– Ich bin kein Killer, das ist nicht mein Beruf
ich bin nur da, um zu verstehen
aber da du weisst, wer sie sind, könntest du den Killern helfen, sie zu töten.

– Mein Beruf ist das auch nicht.

– Kommen wir zu deiner Korangeschichte zurück.
– Das ist keine Geschichte
ich habe nicht geträumt

jeden Abend sagte ich Amir auswendig ein paar Verse auf
die ich tagsüber gelernt hatte
es war wie eine Zauberformel, Abrakadabra
eine Formel, von der ich nicht wusste, was sie bedeutete

aber mir gefielen die Mundbewegungen und der Klang

wama dschaalahu llahu illa buschra walitatmaïnna bihi kulubukum

und noch dazu war es eine Zauberformel, um am Leben zu bleiben.

– Ist das wirklich passiert, Yumai?
Ich verlange nicht von dir, dass du mir alles sagst, aber du sollst wenigstens die Wahrheit sagen
du musst keine Märchen erfinden.
– Ich erfinde nichts.
– Noch einmal
ist das wirklich passiert?

– So viel ist passiert

so viel, dass Sie es gar nicht glauben werden

Sie glauben mir nicht

aber vor mir wurde auch noch nie ein Yumai entführt
ich bin der erste Yumai

das müssen Sie erst mal begreifen: Ich bin der erste Yumai
alles, was mir passiert ist, ist noch nie jemandem passiert.
– Was soll das heissen, der erste Yumai?

– Gestern wollten Sie, dass ich darüber nachdenke
dass ich versuche, zu verstehen, warum sie mich ausgewählt haben, mich, nicht Louis, nicht Clément
warum sie mich von ihnen getrennt haben

der Grund dafür ist, dass ich in dem Alter bin, in dem man ein Kämpfer wird
ein Krieger
wie Idris und Tajoud

in dem Alter, in dem man lernt, mit einer Waffe umzugehen und zu töten
ein Versteck zu suchen oder einen Überfall zu planen
einen Geländewagen zu lenken und zu reparieren

mit Frauen zu verkehren, sagte Idris zu mir
aber es gab dort keine Frauen

und zu gehorchen
vor allem zu gehorchen, auch wenn man Angst hat

es war das erste Mal, dass sie eine Geisel hatten, die in dem Alter war, in dem man ein Krieger wird
deshalb haben Sie das, was mir passiert ist, was sie mit mir gemacht haben
noch nirgendwo gehört oder gesehen

Sie werden mir nie glauben
Sie können es sich gar nicht vorstellen

deshalb brauchen wir gar nicht weiterzumachen.

– Doch, Yumai, ich glaube dir
alles, was du mir sagst, glaube ich dir
alles, was dir passiert ist
alles, was sie dir angetan haben

alles, wozu sie dich gezwungen haben

du musst es mir erzählen, ich werde dir glauben.

– Und deshalb haben sie mich Yumai genannt

es war mein Kriegername.

– Du trägst deine Haare lang

das war das Erste, was uns, abgesehen von deiner Magerkeit, aufgefallen ist, als wir dich gefunden haben, deine langen Haare

es gab Fotos von dir, vorher hattest du kurze Haare.

– Sie haben alle lange Haare

sie schneiden sich die Haare nicht

ich wollte sie eines Tages abschneiden, weil mir heiss war

aber sie wollten es nicht

sie brachten mir bei, einen Chèche zu binden, wie sie, und dann vergass ich, dass ich lange Haare hatte.

– Was mich wundert, ist, dass du sie auch jetzt noch lang trägst

sehr lang sogar.

– Ja.

– Warum?

– Einfach so

es gibt keinen bestimmten Grund

ich habe keine Lust, sie abzuschneiden.

– Gut

gestern, kurz bevor wir aufgehört haben, hast du zu mir gesagt, dass Yumai dein Kriegername war

ich hätte gerne, dass du mir mehr von diesem Wort – Krieger – erzählst.

– Krieger

Krieger, das heisst auch Jäger

und es gibt auch noch Gazellen und Füchse in der Mandi-Wüste

nicht mehr viele

Amirs Grossvater stellte Fallen auf, um sie zu fangen.

– Hast du wirklich mit Amir über Jagd und Gazellen gesprochen?

– Ja, einmal hat er mir von der Jagd erzählt

vom Fallenstellen.

– Glaubst du, dass sie euch entführt haben, so wie man auf die Jagd geht?

– Ja

aber Papa hat nicht den Instinkt der Gazellen

er hat nichts gespürt, er hat nichts kommen sehen

er ist in die Sache reingestolpert wie ein Blinder.

– Hast du schon vor ihm etwas geahnt?

– Ja.
– Weil du den Instinkt der Gazellen hast?

– Schon als ich sie von weitem sah
sie versperrten die Sandpiste, sie sassen auf vier Motorrädern

sie trugen keine Uniformen, nicht die der Armee
und auch nicht die der Parkwächter
sie trugen Stofftücher, die ihre Gesichter verdeckten

und sie waren alle bewaffnet
mit Maschinenpistolen über der Schulter oder vor sich

ich sagte zu Papa: Wer sind diese Leute?
Er antwortete: Leute aus der Gegend, wir werden sehen
ich dachte mir, er täuscht sich, aber es war sowieso schon zu spät
bis wir umgekehrt wären, hätten sie uns schon eingeholt

und er fuhr weiter auf sie zu
sie machten uns ein Zeichen anzuhalten

sie umstellten uns, richteten ihre Waffen auf uns
Mama, die hinten mit den Kleinen sass, sagte zu ihnen, sie sollten sich auf den Boden legen
ich sass vorne
mein Vater verriegelte die Türen, aber sie befahlen uns, sie aufzumachen

dann erinnere ich mich an überhaupt nichts mehr.
– Hattest du Angst?

– In dem Moment, glaube ich, nicht
mein Vater sagte, wir sollten uns keine Sorgen machen

nicht einmal meine Brüder weinten

dann liess Amir sie vorne einsteigen, zusammen mit meiner Mutter
wir waren vorne zu fünft, ich hatte Louis auf dem Schoss, Mama Clément
und Amir setzte sich hinten hin
er nahm uns unsere Handys weg und befahl Papa zu starten
den Motorrädern nachzufahren

da erst habe ich verstanden, dass wir entführt worden waren.

– Glaubst du nicht, dein Vater hätte versuchen können
– Was versuchen?

er sah genau, dass Amir mit seiner Kalaschnikow auf meine Mutter zielte
ich sah es auch
also fuhr er hinter den Motorrädern her

Louis fragte, wohin wir führen, und er antwortete, wir würden ein paar Tage mit diesen Leuten verbringen und wir müssten ihnen immer gehorchen

meine Mutter begann in einem fort das Ave-Maria aufzusagen, und Louis fing natürlich zu weinen an

ich sagte zu ihm, er solle die Motorräder anschauen
sie fuhren wie die Verrückten
bremsten nie ab, nicht einmal bei Pfützen oder Bodenwellen
sie liessen das Wasser aufspritzen
flogen durch die Luft
es war der reinste Wahnsinn, das zu sehen, und da hörte Louis zu weinen auf.

– Und dann?

– Dann kamen wir beim Lager an.

– Sonst ist nichts passiert?

Ihr seid mit dem Geländewagen bis zum Lager gefahren?

– Nein.

– Dann erzähl es doch, Yumai.
Was ist unterwegs passiert?

– Sie wissen es ja sowieso schon.

– Natürlich, weil wir den Geländewagen gefunden haben, der im Schlamm stecken geblieben war.

– Es war matschig
wir brachten ihn nicht heraus
und fuhren auf den Motorrädern weiter.

– Willst du es nicht genauer erzählen?

Was genau ist passiert?

– Es gibt nichts zu sagen
es ging sehr schnell
sie waren in Eile und sahen, dass es nicht leicht gehen würde

sie alle halfen beim Anschieben mit, auch Papa
Amir sass am Steuer, aber die Räder gruben sich immer tiefer ein
sie versuchten es nicht länger als fünf Minuten

sie befahlen uns, auf die Motorräder zu steigen
ich mit Louis hinter Usman

die anderen, ich weiss nicht mehr

sie wollten nicht, dass wir irgendwas mitnehmen
nicht einmal den Verbandkasten
nicht einmal die Bibel.

– Dein Vater hat einfach angeschoben, von sich aus, oder wurde er gezwungen?

– Was macht das schon?
– Alles ist wichtig

kannst du dich nicht mehr erinnern, oder willst du es mir nicht sagen?

– Es ist damals noch etwas anderes passiert

aber ich will nicht darüber reden.

– Yumai, wenn du wirklich nicht darüber reden wolltest, hättest du geantwortet, dass du dich nicht mehr daran erinnern kannst.

– Ich bin kein Lügner
ich sage Ihnen die Wahrheit
ich kann mich erinnern, aber ich will nicht darüber reden.

– Das ist dein gutes Recht
aber sag mir nur, warum es so schwierig ist, davon zu sprechen.

– Wenn ich es Ihnen erzähle

– Das alles war furchtbar
wenn du willst, können wir für heute aufhören.

– Nein

aber wenn ich es Ihnen erzähle

frage ich mich, ob es wirklich etwas bringt, schreckliche Erinnerungen wieder hervorzuholen

sie tun mir doch nur weh, und Ihnen helfen sie nicht.
– Du bist es, dem geholfen werden soll

Geheimnisse quälen
alles, weswegen man sich schämt
wovor man sich fürchtet
und was man verbirgt
all das ist oft nur deshalb schmerzhaft, weil man es nicht sagt.

– Reden erleichtert, ich weiss, das ist einer der Standardsätze meiner Mutter

aber ich bin nicht sicher, dass es immer stimmt

ihnen wurde klar, dass der Geländewagen nicht weiterfahren konnte
und dann
befahl uns Amir, uns am Rand der Sandpiste nebeneinander aufzustellen

und uns hinzuknien

die Kleinen verstanden nicht und folgten sofort

ich nicht

ich begann zu zittern
ich hatte das Gefühl, ich könnte nicht mehr atmen

auch Papa kniete sich nicht hin
er sagte zuerst, sie sollten uns nicht umbringen
zum Glück war es auf Englisch, die Kleinen haben das Wort umbringen nicht verstanden

wir könnten ihnen viel Geld geben, seine Firma, die Regierung
aber Amir stiess ihm den Gewehrkolben in den Bauch und befahl ihm noch einmal, sich hinzuknien
Mama auch, und mir

Mama sagte nichts, ich schaute sie lieber gar nicht an

und da fingen Louis und Clément zu weinen an

es war schrecklich

Amir gab die Befehle, und hinter jeden von uns stellte sich einer von ihnen

ihr Schatten vor uns auf dem Boden

mit der Waffe, die auf uns gerichtet war

ich dachte mir, das ist das Ende, wir werden alle sterben

und dann begannen sie draufloszuschiessen
ich hörte das zum ersten Mal

ein furchtbarer Lärm

ich krümmte mich zusammen
ich hatte Angst zu leiden

und dann war alles aus
ich glaubte, der Kerl hinter mir hätte danebengeschossen, würde es aber bestimmt bemerken
und ich wartete

und dann fingen sie an zu lachen

ich schaute die anderen an, sie waren alle noch am Leben
da wurde mir klar, dass sie sich nur amüsiert hatten
Amir befahl uns aufzustehen
er sagte zu meinem Vater, wenn wir nicht allen ihren Befehlen gehorchen und versuchen zu fliehen, dann würden sie uns auf diese Weise umbringen.

– Kidnapper inszenieren oft solche Scheinhinrichtungen
nicht um sich zu amüsieren, auch wenn Schiessen ihre Anspannung etwas abbaut, sondern um ein Klima der Angst zu erzeugen

für sie ist es ganz wichtig, dass die Geiseln vor ihnen Angst haben
dass sie sich wie ängstliche Tiere in einem Käfig verhalten

aber du hast trotzdem versucht zu fliehen, trotz der Angst.

– Wegen der Angst
ich konnte sie nicht mehr ertragen

am Morgen mit dem Gedanken aufzuwachen, dass es vielleicht der letzte Tag ist

heimlich die Blicke zu beobachten
zu versuchen, zu verstehen, was die Leute sagen

Amirs Launen

wie hoch unsere Überlebenschancen sind

meine Eltern hatten auch Angst
es war ganz klar, sie versuchten, an etwas anderes zu denken

sie dachten an uns, daran, uns zu beschäftigen
uns zu beruhigen, vor allem die Kleinen
wir hatten alle Angst

das war eine grosse Last
ein ständiger Schmerz

sobald ich glaubte, mich davon befreien zu können, lief ich weg.

– Sag mir, Yumai, warum wolltest du mir die Geschichte mit der Scheinhinrichtung nicht erzählen?

– Ich habe Ihnen nicht die ganze Geschichte erzählt

das reicht jetzt erst mal.

– Du musst mir alles erzählen, alle Einzelheiten sind von Bedeutung.

– Nein, nicht alle.

– Wie du willst

noch etwas anderes: Kannst du dich erinnern, wie lange ihr mit dem Motorrad gefahren seid?

– Nein, stundenlang, ich weiss es nicht mehr.

– Und in welche Richtung?

– Keine Ahnung.
– Die Sonne

versuch dich zu erinnern
war sie hinter dir, vor dir, seitlich?

– Überall war Staub, ich hatte die Augen geschlossen.

– Guten Morgen, Yumai
  setz dich

heute früh beim Aufstehen habe ich mir gedacht, es ist der erste Sommertag, und ich habe mich gefragt, wie du diese Hitze finden würdest
  diese glühende Sonne

ich sehe schon, du bist dünn angezogen.

– Sie wissen nicht, was Hitze ist, glühende Sonne

ich weiss es

wenn man bereit ist, jemanden umzubringen für ein bisschen Schatten
  weil man sich sagt, gleich wird man sterben vor Hitze
  man zerfliesst richtiggehend
  man spürt, dass der Körper am Kochen ist.

– Und ich sehe die Narben an deinen Armen
  auch das war den Leuten, die dich gefunden haben, gleich aufgefallen
  was sind denn das für Narben?

– Nichts, einfach Narben.

– Gut

und das Zweite, was ich mir heute Morgen gedacht habe
vielleicht hat das damit zu tun
ich wollte dich fragen, ob du mich nicht duzen möchtest

einverstanden?

– Ich weiss nicht, ob ich das kann

ich rede Erwachsene immer mit Sie an.

– In Ordnung, aber jetzt kennen wir uns ja schon

und ich bin zwar erwachsen, das stimmt, aber so alt auch wieder nicht
also versuch es, es würde mich freuen
ich habe den Eindruck, du kannst leichter mit mir reden, wenn du mich duzt

was meinst du?
– Es fällt mir leicht, mit Ihnen zu reden
das Sie ändert nichts daran

das Du würde auch nichts ändern.

– Wie du willst

gibt es etwas, was du mir heute erzählen möchtest?

– Nein

was möchten Sie denn wissen, ausser das mit den Narben?

– Ich möchte gar nichts wissen, Yumai

ich möchte dir nur zuhören

du hast furchtbare Dinge erlebt
aussergewöhnliche Dinge
deshalb wäre es gut für dich
für dich, nicht für mich
dass das alles herauskommt aus deinem Herzen
deinem Kopf
deinem Mund

ich glaube, du würdest dich besser fühlen

deine Grossmutter sagt, es geht dir nicht gut
du sprichst kein Wort mit ihr
du schliesst dich in deinem Zimmer ein
du willst niemanden sehen
weder deine Onkel und Tanten noch deine Cousins
noch deine Freunde

es gibt da offenbar einen Antoine, der dich gerne wiedersehen möchte, und du willst nicht warum nicht?

du bist doch jetzt frei, Yumai!
Sie haben dich freigelassen!

Warum sperrst du dich selbst wieder in ein Gefängnis ein?

– Sie haben mich nicht freigelassen

das haben Sie doch selbst gesagt

sie haben mich mit etwas Unsichtbarem angekettet

ich bin noch bei ihnen

ich bin nicht mehr derselbe
Antoine und die anderen, die möchten Baptiste sehen, seine Rückkehr feiern
sie verstehen nicht, dass Baptiste dort gestorben ist
er kommt nicht zurück.

– Dann gibt es noch etwas, was ich gerne wissen möchte
wie Baptiste gestorben ist

kannst du mir sagen, wie Baptiste starb?

2

Er erinnert sich daran, dass sie zwei Tage lang gefahren sind, ohne auch nur einmal vor Einbruch der Dunkelheit anzuhalten. Die Luft wurde immer trockener, die Pisten immer staubiger. Da Louis, auch wenn er schon ganz durchgerüttelt war, sich nicht bei Usman festhalten wollte, presste er ihn mit einem Arm an sich. Bei den flachen Stellen fuhr er von Zeit zu Zeit mit der Hand über das Gesicht seines Bruders, um ihm den Staub abzuwischen, und manchmal, wenn er zu schlafen schien und sich nicht mehr rührte, legte er ihm die Hand aufs Herz, um festzustellen, ob es noch schlug.

Von nun an war nichts mehr sicher, alles konnte auf diesem unbekannten Planeten passieren, nachdem alles Vertraute plötzlich verschwunden war, verdunstet im grellen Licht der Wüste. Niemand würde verhindern, dass Louis stirbt, wenn er krank wäre, vergiftet durch die Angst, am Ende seiner Kräfte. Niemand, nicht einmal ihr Vater, der sich in seiner Todesangst in die Hose gemacht hatte und, mit dem schändlichen Scheissfleck gedemütigt, kopflos vor Panik war. Auf dem Motorrad klammerte er sich mit einer Hand am Sattelgriff fest, mit der anderen hielt er Louis an sich gedrückt, schloss die Augen und sah immer wieder das Versagen seines Vaters vor sich. Dadurch hatte sich seine Kindheit, die seit Monaten nach und nach zu Ende ging, mit einem Schlag in Luft aufgelöst. Nach dem Auftritt, den sein Vater hingelegt hatte, blieb ihm nur noch die plötzliche Angst vor Ausgeliefertsein und Einsamkeit.

Das hatte sich während der Scheinhinrichtung ereignet, nachdem der Geländewagen im Schlamm stecken geblieben war. Auf den Knien, zitternd, betäubt vom Knattern der Gewehrsalven, hatten er, seine Brüder und seine Eltern Mühe gehabt, wieder aufzustehen. Sogleich hatte einer der Männer lachend auf den Vater gezeigt und dabei unverständliche Worte ausgestossen. Die anderen waren dazugekommen, hatten gelacht, sich die Nase zugehalten, und er hatte einen braunen Fleck auf dem Hosenboden seines Vaters bemerkt. Er hatte sich in die Hose gemacht wie ein Säugling, und es roch nach Scheisse. Die Männer hatten ihm auf Englisch befohlen, seine Hose und seine Unterhose auszuziehen und beide sowie seinen Hintern in einer Pfütze zu waschen. Sein Vater, leichenblass, das Gesicht verzerrt wegen der Demütigung oder wegen der lächerlichen Anstrengung, sie zu verbergen, hatte es folgsam ausgeführt vor seiner in Tränen aufgelösten, jammernden Frau und seinen völlig erstarrten Kindern. Er glaubte an nichts mehr, aber die anderen, hatte er sich gesagt, mussten glauben, der Teufel hätte sie geholt und sie befänden sich in der Hölle.

Doch es war nicht die Hölle, diese Wüste voller Sand und Funken in der Sonne, trocken und steinig, mit goldenen Schlieren entlang der Schatten der Dünen oder Felsen, zwischen denen die Piste in Kurven verlief, endlos und über alle Horizonte hinaus. Es war nicht die Hölle, es war eine endlos sich hinziehende saubere, unberührte, ganz reine Erde. Hier war er manchmal, wenn er die Kraft hatte, sie zu beobachten, von der Schande eines gedemütigten Vaters befreit.

Am ersten Abend blieben sie in einem anscheinend menschenleeren Dorf mit Hütten stehen, in dem Wasser- und Benzinkanister gelagert waren, Thunfischkonserven und Fladenbrote. Es war schon finster, nur das Scheinwerferlicht der Motorräder beleuchtete die Kulisse. Die Männer hatten sie getrennt, er blieb bei Louis und Usman und sah seinen im Dunkeln verborgenen Vater an diesem Abend nicht mehr. Seine Mutter, die er auch nicht mehr sehen konnte, fragte, ob es ihnen gutgehe. Louis begann zu weinen, und er presste ihn an sich. Er antwortete, dass es seinem Bruder gutgehe, dass er nur müde sei, staubbedeckt, und dass er Durst habe.

Sie bekamen Wasser, Brot und eine Thunfischkonserve. Auf einer Plastikmatte schlief Louis viel früher als er ein, denn er quälte sich mit der Frage, wer sie hier, am Ende der Welt, von diesen bewaffneten Männern und den Mückenschwärmen befreien konnte. Die Männer weckten sie brutal kurz vor Sonnenaufgang. Er träumte von einem grossen Fisch in ihrem Swimmingpool zu Hause. Er brauchte einige Zeit, bis ihm wieder einfiel, dass sie sich mitten in der Wüste befanden und von Terroristen mit Bart und Turban gefangen gehalten wurden. Es war kalt. Sie bekamen nur einen Becher Wasser, die Männer verrichteten ihre Gebete, und sie fuhren sofort weiter.

Er erinnert sich daran, dass er am zweiten Abend, am Ende eines unendlich langen Tages auf dem Motorrad in der Wüste, nach Einbruch der Dunkelheit in der Ferne ein Feuer erblickte. Der Konvoi fuhr darauf zu. Bis dahin hatte er sich gefragt, wie sich seine Entführer orientierten, ohne im Geringsten zu zögern, in der riesigen Leere der steinigen Ebenen, die in der Ferne von Dünen, manchmal auch von Bergmassiven begrenzt wurden. Denn es gab nicht einmal mehr eine Sandpiste, es gab überhaupt nichts mehr. Nur dieses Feuer in der Ferne, das jetzt in der Nacht näher kam, während Louis schlief und er seinen reglosen Körper fest mit einem Arm an sich drückte.

An die zehn bewaffnete Männer sassen um das Feuer und erwarteten sie. Als er vom Motorrad stieg, dachte er, einen dritten Reisetag könnte er nicht mehr überstehen. Er wankte, sein Hintern und sein Rücken taten ihm weh, und der kleine Louis in seinen Armen wollte nicht aufwachen. Im Licht der Flammen und der Scheinwerfer bewegten sich Schatten. Seine Eltern und Clément konnten sich nicht mehr auf den Beinen halten. Es waren auch einige Büsche zu sehen, zwischen denen Zelte standen, aber dahinter war die Wüste in Dunkel gehüllt. Und in der Finsternis, in die die Umgebung getaucht war, konnte man den kleinen dunklen Bereich ausmachen, den die Männer für sie vorzubereiten schienen. Er legte Louis auf den Sand, er schlief noch immer, seine Mutter kam zu ihm und strich ihm über die Stirn. Sein Vater bat um Trinken und Essen, und die Männer hielten ihnen zwei Flaschen Wasser hin. Mit dem Essen müssten sie bis zum nächsten Tag warten. Er trank und streckte sich dann auf dem Sand aus. Endlich sollten sie angekommen sein, dachte er. Gerade war er dabei einzuschlafen, als er die Sterne sah. Nie zuvor hatte er unter einem so klaren Nachthimmel gelegen. Das Dunkel dieser mondlosen Nacht bildete Mauern um das Lager, aber ein

Dach hatte das Gefängnis nicht. Kurz bevor er einschlief, überkam ihn das Gefühl, dass diese Milliarden glitzernder Sterne ihm den Weg weisen würden, über den er entkommen könnte.

Er erinnert sich an seinen Eindruck, als er die Landschaft rund um das Lager zum ersten Mal erblickte. Es war eine Landschaft aus einer Zeit, bevor es Menschen gab oder lange danach. Ein Land ohne Menschen und sogar ohne Tiere, frei, nur seinen eigenen Gesetzen unterworfen. Geformt von Wind und Regen vielleicht, manchmal von Erdbeben, verbrannt von der Sonne. Er hatte vom Anführer die Erlaubnis erhalten, in Begleitung eines bewaffneten Bewachers auf die ersten schwarzen Felsen eines der Hügel zu klettern, die das Lager überragten. So entdeckte er diese Landschaft eines menschenleeren Planeten. Die fünf grossen Zelte des Lagers standen auf dem Sand im Schatten von Büschen, die sein Vater als Akazien bezeichnet hatte. Der goldene Sand war übersät von grauen Kieselsteinen und kleinen gelben Sträuchern. Das musste das Bett eines ehemaligen Flusses sein, etwa hundert Meter breit, gesäumt von schwarzen Hügeln. In der Ferne war im Dunst eine ockerfarbene Kette hoher Berge zu erkennen.

Es war die Landschaft eines fremden, verlassenen Planeten, auf dem ein paar Menschen von anderswo gelandet waren und sich niedergelassen hatten. So hätte er das Lager beschreiben können, wie er es am ersten Tag erblickt hatte. Und diese mysteriöse Welt hatte eine noch stärkere Wirkung auf ihn als die lähmende Todesangst.

Der Junge, der ihn begleitete, hiess Tajoud. Sobald sie sich vom Lager entfernt hatten, hatte er sich mit dem Zeigefinger an die Brust getippt und Tajoud gesagt und nochmals Tajoud. Dann hatte er Baptiste mit Hilfe seiner Finger zu verstehen gegeben, dass er vierzehn war. Er schien stolz auf sein Alter, stolz darauf, ein Kindersoldat zu sein. Als er ihn bei der Entführung gesehen hatte, hatte sich Baptiste schon gewundert, wie jung er und einige der anderen Kidnapper waren. Von den sieben waren zumindest drei ungefähr so alt wie er. Auch andere, die sie im Lager angetroffen hatten, waren nicht viel älter. Von den etwa zwanzig Männern waren sechs oder sieben noch nicht erwachsen und hatten im Unterschied zu den anderen keinen Bart oder nur spärlichen Haarwuchs auf Wangen und Kinn. Doch alle – die Jugendlichen genauso wie die Erwachsenen – hatten auf dem Rücken oder vor sich eine Waffe und trugen einen Chèche auf dem Kopf und ein langes dunkles Hemd über der Hose. Fünf von ihnen, alle bärtig, waren mit einer Art militärischem Tarnanzug und richtigen Soldatenschuhen bekleidet.

Der erste Tag brachte viele Entdeckungen. Alles war neu, allem voran das ständige Gefühl der Ungewissheit. Er hatte sich gefragt, ob er mit seinen Eltern und seinen Brüdern bald sterben würde, wie lange das dauern würde, was die Entführer eigentlich vorhatten. Festgehalten wurden sie folgendermassen. Sie lagen direkt auf dem Sand unter einer weissen Stoffplane, die an den Zweigen einer Akazie befestigt war, und wurden am Morgen mit Fusstritten und Schreien aufgeweckt. Man brachte sie vor den Anführer, der vor seinem Zelt neben einem kleinen Gaskocher sass, auf dem eine Teekanne stand. Er war es, der, mit einem Tarnanzug bekleidet, in den Geländewagen gestiegen war und die Scheinhinrichtung geleitet hatte. My name is Amir, hatte er gesagt und dann in grosser Erregung eine lange Rede losgelassen. Sie als Franzosen hätten sich vieler Verbrechen gegen seine Brüder schuldig gemacht. Der französische Staatspräsident befehlige die Kräfte des Bösen, die den Islam in der ganzen Welt ausrotten wollten, muslimische Frauen und Kinder bombardierten und töteten. Er hatte viele Beispiele genannt. Der westlichen Welt, ihren Verbrechen und Sünden war der Krieg erklärt worden. Der Islam werde überall den Sieg davontragen, sogar in Amerika. Er hatte viele Siege genannt. Louis und Clément verstanden kein Englisch, aber sie hatten zu schluchzen begonnen und sich an ihre Mutter gehängt, sobald Amir seine Hasstirade begonnen hatte. Dann kam er zu den Haftregeln: Alle Befehle mussten ohne Widerrede befolgt werden, andernfalls Hinrichtung. Es war verboten, den Baum ohne Erlaubnis und ohne Bewachung zu verlassen, andernfalls Hinrichtung. Die Frau, hatte er mit Blick auf seinen Vater gesagt, solle unverzüglich einen Schleier tragen, der ihre Haare und die Hälfte ihres Gesichts bedecke, bis ein schickliches Gewand für sie eintreffe. Im Falle der Nichteinhaltung würde sie nicht hingerichtet, sondern mit einem Soldaten verheiratet. Sie könne ein zweites Mal heiraten, da ihr Mann kein Muslim sei. Sein Vater wiederum durfte sich den Bart nicht mehr rasieren.

Die folgenden Stunden verbrachten sie unter der weissen Stoffplane im Schatten, den sie nicht verlassen durften, wenn sie nicht von der Sonne verbrannt sterben wollten. Er hatte sich gefragt, welcher Tod wohl der schlimmste sei. Sonne und Durst führten vielleicht zur Ohnmacht, bevor sie einen umbrachten, und man ersparte sich den Schrecken einer Klinge, die sich der Kehle näherte, oder des Laufs einer Waffe, die man im Nacken fühlte. Doch war es wirklich ein Schrecken, in diesem Moment, den man zwangsläufig als seinen letzten annahm, oder vielleicht eher die Angst vor dem Schmerz? Und inwieweit konnten Angst und Schrecken die furchtbare Aussicht auslöschen, zu sterben, nichts mehr zu lieben oder zu fühlen in dem Nichts einer traumlosen, endlosen Nacht? In einem schmerzhaften Taumel, der sein Herz zehnmal schneller schlagen liess, kehrten diese Fragen immer wieder. Dem dummen Gerede seines Vaters, das beruhigend wirken sollte, hatte er kaum zugehört. Man müsse nur den Befehlen gehorchen und alles werde gut. Niemals würde die Regierung eine ganze Familie mit Kindern in den Händen dieser Leute lassen. Sie wollten Geld, Frankreich würde es ihnen geben, und sie würden bald befreit werden. Sie müssten keine Angst haben, sie sollten beten, nie aufhören, daran zu glauben, dass dieser Albtraum bald ein Ende nehmen würde. »Ja, Guillaume«, »du hast recht, Guillaume«, sagte seine Mutter, die nun ein blaues Kopftuch trug, zustimmend. »Nicht wahr, Aude?«, wollte sich Guillaume, anscheinend doch besorgt, vergewissern.

Leere Worte, vielleicht wahr, vielleicht falsch, die sich sogleich im Dunst der Hitze verflüchtigten. Bestimmt trösteten sie die Kleinen, aber er wusste, dass nichts mehr vorhersehbar war angesichts eines hilflosen, wehrlosen Vaters einerseits und eines sadistischen Mörders mit hasserfüllter Stimme auf der anderen Seite, aus dessen Blicken Flammen schossen. Ein blutrünstiger Mörder, ein Wahnsinniger, für den der Gedanke, eine ganze Familie vor der Kamera seines Smartphones umzubringen, vielleicht mehr wert war, als ein sehr hohes Lösegeld zu erhalten.

In diesem Augenblick war er aufgestanden, um die dunklen Gedanken zu vertreiben, war zu dem Jungen hingegangen, der sie in einigen Metern Entfernung bewachte, und hatte ihm mit Gesten zu verstehen gegeben, dass er sich die Beine vertreten und auf die nächstgelegenen Felsen klettern wollte. Er hatte kaum noch gehört, wie sein Vater rief: Aber was machst du, Baptiste, komm sofort zurück, und setz dich hin! Von nun an waren alle Worte, die sein Vater sagen würde, ausgelöscht, sobald sie aus seinem Mund kamen. Der Junge hatte ihm bedeutet, stehen zu bleiben und zu warten. Er war in eines der Zelte gegangen und gleich danach wieder herausgekommen und hatte ihm ein Zeichen gegeben, ihm zu folgen. Er war geschickt und sprang wie eine Gämse von Felsen zu Felsen. Tajoud war vierzehn. Genauso alt, wie Baptiste in vier Monaten und ein paar Tagen sein würde.

Wie viele Tage genau? Welcher Tag war eigentlich? Er erinnert sich, dass er sich wie Matt Kowalski im Weltraum in *Gravity* fühlte, losgelöst von allem. Seit ihm die Entführer sein Handy weggenommen hatten, war er sich nicht einmal mehr des Datums sicher, auch alle früheren Verbindungen waren unterbrochen, Facebook, Viber, Instagram, seine Freunde, die bestimmt nur noch von ihm sprachen, die wenigen Nachrichten aus der Welt, die ihn interessieren konnten, wie Naturkatastrophen, die Eroberung des Weltraums, der Königstiger und der Asiatische Elefant. Nichts gab es mehr ausser ihn selbst und ein paar wenige Menschen in der Nähe, in einer Welt, wie ausserhalb der Zeit, bevor es Wellen und Kabel gegeben hatte. Er war nun tatsächlich »lost in space«, verschollen zwischen fremden Welten oder vielmehr auf einem anderen Planeten, losgelöst von der Erde. Und dieses Gefühl, ohne Verbindung zu sein, war fast genauso beklemmend wie die Angst zu sterben, denn es war, als sei er bereits tot, als existiere er schon nicht mehr ausserhalb eines einfachen Blicks in die Realität des Tageslichts, einer Stimme, die in die Luft der Umgebung getragen wurde. Mit anderen Worten, er war nicht mehr viel, nicht viel mehr als der kleine, halb mit Sand bedeckte Busch mit den vertrockneten gelben Blüten, dessen Leben oder Tod niemanden interessierte.

Wie er schien dieser Busch, den der Schatten der Stoffplane am Vormittag verschonte, um sein Leben zu bangen.

Und wahrscheinlich war er genauso wie er in ständiger Sorge um seine Wasserration. Vom ersten Tag im Lager an waren er und die Seinen mit so unvorstellbaren Dingen wie andauernder Hitze, echtem Durst und Hunger konfrontiert gewesen. Zur Todesangst, zur Demütigung, wie Vieh behandelt zu werden, kamen noch fast ununterbrochen körperliche Schmerzen. Ein paar Schluck Wasser oder zwei Sardinen und ein Keks brachten Erleichterung, die aber nur von kurzer Dauer war. Ständig präsent war eine pausenlose Unruhe, verstärkt noch durch die Langeweile. Es gab nichts zu tun unter dieser weissen Plane, als das gelegentliche Kommen und Gehen der Entführer zu beobachten, die die meiste Zeit im Schutz ihrer Zelte blieben. Er hörte sie in einer Sprache sprechen, die nichts mit der zu tun hatte, von der er ein paar Brocken gelernt hatte. Einer von ihnen summte vor sich hin, und er fragte sich, ob ein Mann, der bei seinen täglichen Beschäftigungen singt, kaltblütig eine Frau und Kinder umbringen konnte. Man hörte sie auch beten. Amir leitete die Gebete, und derjenige, der sie bewachte, begann die Hände zusammenzulegen und verbeugte sich. Gleich am ersten Morgen hatte sein Vater gesagt: Seht ihr? Sie beten, also werden wir auch beten. Trotz der inständigen Bitten seiner Mutter hatte er nicht gehorcht. Sie hatten zu beten begonnen, und ihr Bewacher hatte sein Gebet unterbrochen und war zu Amirs Zelt gestürzt, um es ihm mitzuteilen. Amir war gekommen, hatte sie betrachtet und nur gesagt: Okay, you can pray our Lord, und war wieder weggegangen. Der einzige Sinn der Gebete auf beiden Seiten war der, den Tag zu strukturieren. Genauso wie das Wasser und die Sardinen die Zeit unterteilten und ein bisschen von der Angst ablenkten.

Doch andere Zwischenfälle verstärkten sie. Wenn sie nicht durch eine Kugel in den Nacken starben, bedrohten tausend andere Gefahren ihr Leben. Würde einer von ihnen krank oder von einem Skorpion gestochen, wie würde er behandelt werden? Er erinnert sich daran, dass Clément, als er unter Tajouds Aufsicht vom Austreten zurückkam, gestolpert war und sich ein Knie an einem Stein aufgeschlagen hatte. Er hatte heftig geblutet. Aude hatte um ein Desinfektionsmittel und einen Verband gebeten, mehrmals, man hatte ihr nicht einmal geantwortet. Die Eltern hatten sich eine Wasserration vom Mund abgespart, um die Wunde zu reinigen, die jedoch weiter eiterte. Sie waren verletzlich geworden, dem geringsten Zwischenfall ausgeliefert, jedem Kratzer, Insektenstich, jeder Infektion.

Bei Tagesanbruch rüttelte sie immer einer der Bewacher vor dem Beginn des Morgengebets wach. Manch einer mit der Hand, andere, die sich nicht einmal hinunterbeugten, mit dem Fuss. Wenn sie die Augen aufschlugen, ging nach der Unterbrechung durch einen Traum oder nach einer traumlosen Nacht der gleiche Horror wieder von vorn los. Sie bekamen dann zwei Flaschen Wasser, mit denen sie vierundzwanzig Stunden auskommen mussten. Es war kein Mineralwasser, es war gelblich, schmeckte nach Erde und kam wahrscheinlich, wie Guillaume meinte, aus einem weit entfernten Brunnen. Die Flaschen hatten keine Etiketten mehr. Vierzig halbe Becher pro Tag. Jedem der Kinder standen neun halbe Becher zu, Aude sieben, Guillaume sechs. Sie hatten vierzig kleine Steine gesammelt, und jeder nahm seinen Teil am Morgen und legte jedes Mal, wenn er getrunken hatte, einen Stein in den Topf zurück. Für die

Kleinen, die den Grossen nicht nachstehen wollten, war es Ehrensache, sich zurückzuhalten und nicht zu schwindeln, auch wenn die Sardinen oder der Thunfisch, manchmal die Kekse den ständigen Durst verstärkten. Sie mussten das Essen eigens verlangen und bekamen dann eine Konserve oder auch nicht, je nach Laune dessen, den man unterwürfig darum gebeten hatte.

Das Wasser war nicht zum Waschen gedacht, und er erinnert sich, dass er nach ein paar Tagen den Geruch seiner Eltern bemerkt hatte. Ein bisschen sauer, anders als der der Entführer, die nach dem Mief ihres Zeltes stanken, nach alten Stoffen, die seit Monaten in einem Schrank liegen. Die Kleinen und er selbst, glaubte er, rochen nach nichts. Glücklicherweise war die Luft so trocken, dass sie trotz der Hitze wenig schwitzten, wie Guillaume festgestellt hatte.

Nachts konnte er oft nicht schlafen. In der Einsamkeit und Reglosigkeit wirkten die Lichter und Geräusche der Nacht stärker nach als bei Tag. Sie stellten für ihn eine ununterbrochene Folge von geheimnisvollen Dingen dar. In wie vielen Kilometern Entfernung blinkten die Sterne, wie viele Planeten kreisten um sie, wie viele waren bewohnt und von wem? Gab es auf diesen unsichtbaren Planeten lebende Organismen, die sich ihres Lebens und auch ihrer Sterblichkeit bewusst waren? Gab es unter diesen glitzernden Gestirnen, die kein Mensch jemals erreichen würde, Lebewesen, die nicht sterben wollten? Schuldige und Unschuldige? Träumer und Verzweifelte? Gab es welche, die wussten, dass andere Lebewesen auf diesem so fernen und so wunderbaren blauen Planeten lebten? Wenn sie sahen, wie schön er war, konnten sie sich vorstellen, dass dort auch Ströme von

Blut flossen? Fragen, die sich in die Nacht verflüchtigten wie Sternschnuppen.

Er erinnert sich, dass zu den Lichtern die Geräusche hinzukamen. Der Wind, der durch die Büsche und Bäume fuhr, hallte zwischen den Felsen des Tals wider und jagte zum schwarzen Horizont der Berge. In den Zelten, in denen die ganze Nacht hindurch das Licht der Lampen flackerte, schliefen mehrere Männer auch nicht und unterhielten sich wie am helllichten Tag. Von Zeit zu Zeit war auch Lachen zu hören, langgezogenes, verrücktes Gelächter sogar, das nach zufriedenem Grunzen von neuem losbrach. Er fragte sich, ob sie durch ein geplantes Massaker in so gute Laune versetzt wurden. Und wie fanatische Mörder Humor haben konnten. Schliesslich hatte er es aber doch erfahren, denn eines Nachts, als seine Eltern schliefen, war Amir zu ihm gekommen und hatte ihm befohlen, ihm in sein Zelt zu folgen. Aber dann erinnert er sich an nichts mehr.

3

– Ganz langsam

er ist nicht auf einmal gestorben

aber eines Tages zerquetschte ich eine kleine schlafende Eidechse mit einem Stein

ich sagte mir, vorher hätte ich das nie getan.

– Was meinst du mit vorher?

– Bevor ich Hunger und Durst hatte.

– Dadurch wurdest du grausam zu den Tieren?
Einfach so?

– Nicht grausam zu den Tieren

ich habe die Tiere nur auf ihren Platz verwiesen

ich weiss nicht, ob Sie das verstehen können

man wird selbst zu einem Tier
oder
fast wie ein Tier

der Körper verlangt zu leben, mehr noch als der Kopf

es soll Weichtiere geben, die mehr als 500 Jahre leben
und das Hirn der Weichtiere …

– Das verstehe ich jetzt nicht

nun lachst du
zum ersten Mal.
– Ja
ich denke an Ihr Hirn, das nichts versteht

wir hatten an diesem Tag einen Riesenhunger
wir hatten seit ich weiss nicht mehr wie vielen Tagen nichts zu essen bekommen
und ich sah die schlafende Eidechse, dort, am Fuss des Akazienstamms
ich dachte mir, dass ich sie trocknen lassen könnte
dass sie nach Fisch schmecken würde
und ich tötete sie
dann packte ich sie beim Schwanz und schleuderte sie in die Sonne.

– Und als sie trocken war, hast du sie gegessen?
– Nein
weil man uns kurz danach Sardinen gebracht hat

und nachdem ich gegessen hatte, dachte ich mir, dass ich vorher niemals eine Eidechse getötet hätte, weder mit einem Stein zerquetscht
noch sonst wie.

– Aber da du dir das gedacht hast, heisst das, dass Baptiste noch nicht gestorben war.

– Ich bin jetzt müde

wie lange reden wir eigentlich schon?
– Nicht lange, nicht einmal eine halbe Stunde.

– Es kommt mir länger vor.

ich spüre, wie mein Herz klopft.
– Was ist los?
Willst du, dass wir für heute aufhören?

– Wissen Sie, warum man manchmal sein Herz klopfen spürt?

– Dafür gibt es tausend Gründe
aber meistens, weil man Angst hat.

– Ich nicht

jetzt habe ich vor nichts mehr Angst.

– Dessen bin ich mir nicht so sicher, Yumai
man könnte glauben, du hast Angst, dass ich erfahre, wie Baptiste gestorben ist.

– Überhaupt nicht
ich habe es Ihnen gesagt

ganz langsam
durch …

– Wodurch?

– Sehen Sie, hier ist es viel weniger heiss als dort unten
ich weiss nicht
vielleicht zwanzig Grad weniger
aber man schwitzt

dort unten nicht
dort war es wie in einem Ofen, hier ist es wie in einer Sauna

mir ist die Hitze dort eigentlich lieber.

– Gibt es noch etwas anderes, was dir dort lieber ist als hier?

– Die Millionen
Sterne

und die Seelen der Menschen von früher.

– Was meinst du damit?

Die Menschen von früher …
die Seelen der Toten?

– Nein, die Menschen von früher sind nicht tot.
– Was erzählst du da, Yumai?
Ich kann dir nicht mehr folgen

da musst du lachen.

– Ich muss lachen, weil wir uns in demselben kleinen Raum befinden
weil ich Sie riechen kann
weil ich Sie berühren könnte
aber in Wirklichkeit sind wir sehr weit voneinander entfernt.

– Wir könnten uns näherkommen
aber das müsstest du wollen
auf jeden Fall bestimmt nicht, wenn du nicht auf meine Fragen antwortest
wenn du ausweichst, sobald ich dir eine wichtige Frage stelle

ich habe dich gefragt: wodurch?
Wodurch ist Baptiste gestorben
und du erzählst mir von etwas ganz anderem
von der trockenen und der feuchten Hitze

von den Menschen von früher …

was genau meinst du mit früher?

– Das hat gar nichts mit dem zu tun, was Sie wissen wollen

und was Sie wissen wollen, das hat auch gar nichts mit dem zu tun

wodurch Baptiste gestorben ist, es bringt Ihnen gar nichts, das zu wissen.

– Du hast keine Ahnung, was mir hilft oder nicht hilft

und anscheinend nicht einmal, was dir hilft oder nicht, damit du wieder ein normales Leben führen kannst.

– Ein normales Leben

Sie erzählen wirklich den grössten Unsinn.

– Gut, ich glaube, wir sollten für heute aufhören

wir kommen nicht weiter

für morgen könntest du über die Frage nachdenken, wodurch Baptiste gestorben ist.

– Dazu brauche ich nicht stundenlang nachzudenken.
– Dann sag es mir jetzt gleich.

– Sie werden es nicht verstehen

durch Zauber.

– Guten Tag, Yumai
siehst du, ich habe den halben Vormittag das Büro aufgeräumt
es liegt nichts mehr herum
ich habe mir gedacht, dass dir das gefallen wird

oder nicht?

– Es ist noch immer dasselbe geschlossene Büro
der Computer, mit dem Sie mich aufnehmen und auf dem Sie sich Notizen machen.

– Stört dich das, aufgenommen zu werden?
– Es stört mich nicht, aber leer ist es wirklich nicht.

– Gut, gestern sind wir beim Zauber stehengeblieben
du hast mir gesagt, dass Baptiste durch Zauber gestorben sei

gab es dort also Zauber?

– Nicht eine Art von Zauber
sondern mehrere.
– Ich höre.

– Wenn ich Ihnen das erzähle, stecken Sie mich ins Irrenhaus.
– Sag nicht so einen Blödsinn, Yumai
wenn man alle Leute einsperren würde, die merkwürdige, übernatürliche Erlebnisse haben
dann müsste man Tausende Anstalten bauen

los, erzähl, was Baptiste passiert ist, welcher Zauber ihn schliesslich getötet hat.

– Ich möchte es Ihnen nicht erzählen

auf jeden Fall hat es keinen Bezug zu dem, was Sie wissen wollen

ich behalte es lieber für mich.

– Du willst mir also nicht erzählen, was Baptiste getötet hat?
– Nein.
– Hör mal, Yumai, ich vergeude meine Zeit mit dir.

– Das denke ich mir schon von Anfang an
das alles nützt nichts
ich habe nichts zu sagen, was Ihnen helfen kann.

– Nicht mir sollst du helfen
hast du noch immer nicht verstanden, dass nicht du mir helfen sollst?

Dir selbst sollst du helfen
dir, der du in einer anderen Welt lebst

und der du hier bei uns leidest, bei dir zu Hause
verstehst du das nicht?

– Ich habe Ihnen schon alle Einzelheiten erzählt.
– Das stimmt nicht
du verheimlichst Dinge vor mir.

– Ja

ich verheimliche manche Dinge vor Ihnen

ich habe es Ihnen schon gesagt, ich möchte sie für mich behalten

es ist geheim.

– Du sprichst wie ein Kind
aber ich habe den Eindruck, du bist kein Kind mehr

was meinst du
bist du noch ein Kind?

– Ja und nein
das hängt davon ab, was Sie unter einem Kind verstehen.
– Ein Kind lebt oft in einer Welt, die es selbst erfindet
es wird Spiderman oder sonst etwas

und denkt sich Geheimnisse aus.

– Wenn das so ist, dann bin ich kein Kind mehr
so gesehen war Yumai nie ein Kind.
– Also inwiefern bist du noch ein Kind?

– Körperlich
ich konnte zum Beispiel nicht so schnell und so lange marschieren wie die anderen
sie mussten auf mich warten.

– Seid ihr oft gemeinsam irgendwohin marschiert?
– Lange nicht, nur einmal
da wurde das Lager von einem Flugzeug überflogen
hoch oben am Himmel
sie dachten, sie seien vielleicht entdeckt worden, und wir gingen woandershin
sie luden das ganze Material auf die Motorräder auf
es blieb nur noch Platz für den Fahrer

wir marschierten die ganze Nacht

ich habe wirklich versucht, so schnell wie sie zu marschieren
ich hatte Angst, sie bringen mich um, weil ich sie aufhalte.

– War das vor oder nach der Trennung?

– Nachher
ich war allein mit ihnen.

– Kommen wir noch einmal zu den geheimen Dingen zurück

sag mir nur, warum du sie geheim halten willst

schämst du dich gewisser Dinge, die du getan hast
oder die dir zugestossen sind?

Zauberdinge?

– Überhaupt nicht, ich schäme mich für nichts

ich bin auch nicht auf irgendwas stolz

ich habe keine Entscheidung getroffen.
– Warum willst du es dann nicht erzählen?

– Es könnte gegen mich verwendet werden.

– Willst du sagen, du hast den Befehl bekommen, diese Zauberdinge nicht zu erzählen?

– Nein, keinen Befehl

eher einen Rat

wenn ich diese Zauberdinge erzähle, verschwinden sie möglicherweise ich möchte, dass wir nicht mehr darüber reden.

– Und worüber sollen wir sonst reden?
– Über etwas anderes, über irgendwas
über die Sterne
ich möchte, dass wir über Astronomie reden

über die Sternbilder

hier sind keine Sterne zu sehen

in der Nacht kann ich nicht schlafen
ich glaube, ich kann es nicht, weil keine Sterne da sind

in der Nacht ist der Himmel hier gelb
das ist kein Himmel
ich kann unter diesem gelben Himmel nicht atmen
ich ersticke
mein Herz beginnt schneller zu schlagen

ich möchte wieder dorthin zurück, schon allein wegen dem Himmel
der Nacht
dem Zauber der Sterne

der einzige Zauber, von dem ich Ihnen erzählen kann
aber das nützt Ihnen nichts, ich würde gerne mit einem Astronomen sprechen
ich habe Dinge am Himmel gesehen, die ich nicht verstehe

und nach der Trennung habe ich auch Dinge gesehen, die ich nicht verstehen will.

– Was zum Beispiel?

– Dinge, die Zeichen waren
Botschaften
meine Eltern hätten zu mir gesagt: Du siehst jetzt, dass Gott existiert, er ist da, er spricht zu dir
aber es war kein Gott
es waren zitternde Lichter, Leuchtzeichen, die mir etwas sagen wollten

dass ich am Leben bleiben würde

dass ich nicht allein war

dass ich beschützt wurde

oder etwas in der Art

und ich möchte lieber nicht wissen, woher diese Zeichen kamen
ich möchte nicht, dass man mich normal nennt, es ist ein schwarzes Loch, ein Stern, der stirbt und flackert

ich glaube lieber noch an das, woran ich geglaubt habe

und das wahr sein sollte.

– Heute Nacht habe ich schlecht geschlafen
alles, was du vor mir verheimlichst, hindert mich am Schlafen
du hast kein Vertrauen zu mir
du denkst, dass ich dir Böses will, obwohl das Gegenteil der Fall ist
und das macht mich traurig

ich bin hier als Freund, um dir zu helfen, um dich zu entlasten
und du betrachtest mich als Feind
den man austricksen muss
dem man irgendetwas erzählt
um Zeit zu gewinnen
das ist wirklich traurig, und ich weiss nicht mehr, was ich tun soll

du sagst nichts
aber auch wenn du sprichst, sagst du ja nichts

man hat das Gefühl, du bist noch bei ihnen, gegen uns
nach allem, was sie dir angetan haben, dir, deinen Eltern, deinen Brüdern

vielleicht weisst du sogar, wo sie sich befinden, was mit ihnen passiert ist

aber du willst es nicht sagen.

– Nein, wenn ich es wüsste, würde ich es Ihnen sagen

ich habe sie nach der Trennung nicht mehr wiedergesehen

und niemand hat mir gesagt, wo sie sich befinden

sie haben nie mehr von ihnen gesprochen.

– Hast du sie gefragt?

– Ja, gleich danach.

– Und was haben sie geantwortet?

– Sie haben mir nur gesagt, dass sie woanders festgehalten werden

und dass ich diese Frage nie wieder stellen soll

dass ich meine Familie vergessen soll

ich war Yumai

ich brauchte keine französischen Eltern mehr

ich musste vor allem ständig an Louis denken

ihm musste ich gewiss fehlen

Louis hatte immer an mir gehangen, fast noch mehr als an meiner Mutter.

– Du dachtest vor allem an Louis

weniger an deine Eltern?

Fehlten sie dir nicht?

– Ich weiss nicht

ich kann mich nicht daran erinnern

ich glaube, ab einem bestimmten Moment fehlte mir nichts mehr

niemand
ich war Yumai

aber ich habe es Ihnen gesagt, ich kann mich nicht an alles erinnern.
– Du kannst dich nicht nur nicht an alles erinnern, es gibt auch Dinge, die du nicht sagen willst.

– Das stimmt, es gibt Dinge, die ich nicht sagen will
aber ich kann Ihnen vieles erzählen
– Was zum Beispiel?

Fang mit dem Wichtigsten an
mit dem Ungeheuerlichsten, was dir passiert ist.

– Sie haben mir beigebracht zu töten

das haben sie zu mir gesagt.

– Was soll das heissen, »das haben sie zu mir gesagt«?
– Sie sagten nicht zu mir: Yumai, wir werden dir beibringen, mit einem Gewehr zu schiessen

sie sagten zu mir: Yumai, wir werden dir beibringen zu töten

ich antwortete, ich wolle niemanden töten

sie sagten zu mir, wenn ich leben wolle, dann müsse ich töten können

das sei so bei ihnen

dass alle, die da im Lager waren, nur noch deshalb am Leben seien, weil sie töten könnten.
– War das vor oder nach der Trennung?

– Ich weiss es nicht mehr.
– Wie, du weisst es nicht mehr?

War deine Familie da, als sie dir das beigebracht haben?

– Sie war nicht da, sie haben nicht gesehen, wie ich mit einem Gewehr geschossen habe

aber schon vor der Trennung haben sie mich manchmal mitgenommen

nur mich

zum Beispiel, wenn sie Nachschub holten

und manchmal hielten wir unterwegs an, wenn es Zeit zum Beten war

manche wollten, dass wir zum Beten anhalten, Amir war es völlig egal

für ihn war es nicht so wichtig wie für andere

also ich weiss nicht mehr, ob es vorher oder nachher war.

– Du kannst dich nicht erinnern, dass du mit deinen Eltern, deinen Brüdern darüber geredet hast?

– Doch, jetzt erinnere ich mich

ich erinnere mich, dass Amir mir befohlen hat, ihnen nichts davon zu erzählen

dass er mich umbringen würde, wenn ich ihnen davon erzähle

das war vor der Trennung.

– Was genau haben sie dir beigebracht?

– Alles, was nötig ist

die Waffe zu halten, sie zu laden

zu zielen

einzelne Schüsse abzugeben oder automatisch zu schiessen, den Rückstoss …

es waren AK-47, Kalaschnikows.

– Hast du es schnell gelernt?

– Ja

nach zwei Stunden Schiessunterricht konnte ich töten

stehend oder liegend

sie hatten eine Zielscheibe in hundert Metern Entfernung aufgestellt, einen alten Kanister, und ich verfehlte ihn nicht

sie lachten

Amir schüttelte mir die Hand

am nächsten Tag fingen wir von neuem damit an.

– Warum wollten sie deiner Meinung nach, dass du schiessen kannst?

– Ich habe es Ihnen schon gesagt

wenn ich leben wollte, war es notwendig.

– Für sie ist es klar, sie müssen töten können, um zu überleben

aber du?

Yumai, ist dir in diesem Augenblick nicht klargeworden, dass sie dich rekrutiert hatten, dass du auf die andere Seite gewechselt warst?

Auf ihre Seite?

– Nein, so war es nicht

so war es überhaupt nicht

für sie war ich alt genug, um ein Krieger zu werden, das ist alles

das bedeutete nicht, dass ich an ihrer Seite kämpfen sollte.

– Was sollte es sonst bedeuten?

– Dass sie mich als einen Jungen ansahen, der ein Mann wird

nicht als einen Jungen von ihnen

einen Jungen ganz allgemein.

– Und sie hatten genug Vertrauen zu dir, um dir beizubringen, eine Kalaschnikow zu bedienen?

Dachten Sie nicht eine Minute daran, dass du die Waffe gegen sie richten könntest?

– Ganz bestimmt nicht.
– Warum »ganz bestimmt nicht«?
– Weil ich sie brauchte

nehmen wir an, es wäre mir gelungen, sie alle umzubringen, obwohl das unvorstellbar ist

was hätte ich tun sollen, ganz allein in der Wüste?

Wo hätte ich nach ein paar Tagen etwas zu trinken und zu essen finden sollen?

In welche Richtung hätte ich gehen sollen?

Sie wussten genau, dass ich mir diese Fragen gestellt hatte

klar, Clément hätte bestimmt alle umgebracht, denn er ist ein Kind, das nichts versteht

Papa auch

vielleicht

weil er glaubt, aus allen Situationen herauszukommen

er möchte immer zeigen, dass er ein Mann ist

aber er ist kein Mann der Wüste

er ist kein Mann, so wie sie Männer sind

gleich danach wollten sie mir beibringen, mit einem Messer zu töten

sie zeigten es mir, führten mir alle Handgriffe vor, sie wollten, dass ich es nachmache

aber da habe ich nein gesagt, ich könnte es nicht

die Klinge ins Herz

die grossen Venen am Hals

das nicht, das war wirklich unmöglich

Amir sagte zu mir: Okay, Yumai, later, später, später.

– Und hast du es dann wirklich nie gelernt?

Und hast du es dann wirklich nie gelernt, Yumai?

– Wenn ich es gelernt hätte, würde ich mich daran erinnern.

– Heute Vormittag hast du mir vom Nachschub erzählt

du hast mir gesagt, sie haben dich manchmal mitgenommen, um Nachschub zu holen.

– Ja, mehrmals.

– Wie ist das abgelaufen?

– Es ging zu den Hirten

wir fuhren am Morgen mit allen Motorrädern weg, viele Kilometer durch die Wüste

ich habe nie verstanden, wie sie ihren Weg in der Wüste finden konnten

es gab keine Piste, sie hatten nicht mal GPS

vielleicht Orientierungspunkte, bestimmte Steine, keine Ahnung

ich habe sie mehrmals danach gefragt

sie lachten und antworteten nicht

nach ein paar Stunden kamen wir zu dem Zeltlager der Hirten bei einem Brunnen

kurz davor hielten wir an, und sie beobachteten die Hirten mit dem Fernglas, um zu sehen, ob alles normal war

die Hirten lebten in Zelten
wie unseren
Familien mit Kamelen, Ziegen

das Treffen war vereinbart
die Hirten erwarteten sie mit Proviantkartons, und sie bezahlten sie
dann tranken wir Tee mit ihnen

im Lager tranken wir immer Tee
sehr stark, zuckersüss, dazu Kekse
oder Erdnüsse
sie brühten den Tee auf einem Gaskocher auf

abends tat das gut, weil es kalt war
aber danach konnte ich nicht einschlafen

nach dem Tee unterhielten sie sich mindestens eine Stunde mit den Hirten
dann fuhren wir mit den Vorräten in Rucksäcken und den Wasser- und Benzinkanistern wieder zurück
wir stellten jeweils einen Kanister zwischen den Fahrer des Motorrads und den Beifahrer, der ihn halten musste
beim Zurückfahren ging es lange nicht so schnell

so lief das immer ab, etwa alle zehn Tage.

– Und war das immer am selben Ort?

– Nein, nie am selben Ort
und immer andere Leute.

– Das Wichtigste, was du mir jetzt gerade gesagt hast, ist, dass die Hirten in Zelten lebten wie euren.

– Ja, den gleichen
gleich gross
die gleiche graue oder gelbe Plane
die gleichen Zeltstangen
der gleiche Geruch
der alten Zelte
und die gleichen Fliegen
Tausende von Fliegen

ist das wirklich wichtig?
– Wichtig ist, dass du gesagt hast: wie unsere
es ist das erste Mal, dass du keinen Unterschied machst zwischen dir und ihnen
du sagst »wir«
wenn du sagst, wir haben dies und das gemacht
wir sind stundenlang marschiert
wir haben Tee getrunken
dann ist das normal, das sind die Dinge, die ihr gemeinsam gemacht habt
aber wenn du von *unseren* Zelten sprichst, dann ist das anders, du hättest sagen können *ihre* Zelte.

– Ich habe unsere Zelte gesagt, ganz einfach deshalb, weil ich darin geschlafen habe.

– Du hast nicht mehr draussen geschlafen?
– Nein, ab einem bestimmten Moment habe ich bei ihnen geschlafen.
– Nach der Trennung?
– Ja
vielleicht sogar davor, ich weiss es nicht mehr
ich glaube.
– Versuch, dich zu erinnern.

– Vielleicht hatte ich schon begonnen bei ihnen zu schlafen, als die anderen noch unter der an der Akazie befestigten Zeltplane waren
ich weiss es nicht mehr.

– Du kannst dich nicht mehr erinnern, ob du bei ihnen geschlafen hast, während deine Familie woanders schlief?

– Nein

wo ich geschlafen habe, bei wem
es sind so viel wichtigere Dinge passiert als das

nach einer gewissen Zeit, glaube ich, habe ich geschlafen, wo ich wollte.

– Sie haben dich freigelassen.

– Nein, im Lager haben sie mich nie freigelassen

nie

nicht einmal heute.

– Nicht einmal heute?

– Nein
ich habe das Gefühl, ich bin noch immer Gefangener.
– Ich weiss
und deswegen bin ich hier, Baptiste.

– Ich mag nicht, wenn man mich mit diesem Namen anspricht.

– Das ist dein gutes Recht
und du hast das Gefühl, dass sie dich noch immer gefangen halten?

– Ja, dieses Gefühl habe ich

aber es ist komplizierter

es sind nicht nur sie.

– Was meinst du damit?

– Es sind nicht nur sie, die mich dort zurückhalten.
– Aber wer sonst noch?

– Können wir jetzt aufhören?

– Sie scheinen sehr verärgert zu sein
wegen mir?
– Nein
weisst du, warum ich sehr verärgert bin?

– Weil ich Ihnen nicht alles sage
nehme ich an
weil ich Geheimnisse habe.
– Ja und nein
weil wir heute Morgen eine Besprechung hatten und beschlossen wurde, die Sitzungen einzustellen
im Moment bringen sie nichts, du willst nicht zu uns zurückkehren

wir werden eine Zeitlang abwarten.

– Und was werden Sie mit mir tun?

– Was möchtest du, dass wir mit dir tun?

– Ich weiss es nicht

dass Sie mich irgendwohin bringen, in die Berge
in die Nähe eines Sees, mit einem Zelt und etwas zu essen
ich brauche nicht viel
hier findet man leicht etwas Essbares, es gibt Pflanzen, kleine Tiere, Holz

und dass sie mich dort lassen

ich habe dort unten alles gelernt, um so zu leben
sehr gut sogar
wie man die Tage zählt, so dass ich ungefähr weiss, wann ich Geburtstag habe
wie alt ich bin
als sie mich freigelassen haben, wusste ich nicht einmal das Datum
nicht einmal den Monat
ich wusste nicht, ob ich vierzehn war oder nicht
ob Weihnachten schon vorbei war oder nicht
Papa hat nie damit aufgehört, die Tage zu zählen

aber nach der Trennung ist mir eines Morgens aufgefallen, dass ich seit langem vergessen hatte, einen Stein hinzulegen
ich hatte das Zeitgefühl verloren

ich habe alles gelernt, um zu überleben
und ich werde niemanden mehr stören.

– Kannst du dir vorstellen, allein zu leben, wie ein Einsiedler, und das zehn Jahre lang?
Du träumst.

– Man ist nie allein

das können Sie nicht wissen

nie allein.

– Aber was weisst denn du davon?
Du warst ja nie allein, weder hier noch dort
du warst doch immer bei ihnen.

– Nein.
– Was soll das heissen, nein?

– Sie haben mich allein gelassen

weit weg vom Lager
tagelang

– Sie haben dich tagelang allein gelassen?
Du erzählst Unsinn.
– Es ist wahr

Sie wollen immer, dass ich Ihnen etwas erzähle, Sie werfen mir vor, dass ich Dinge vor Ihnen verheimliche und wenn ich Ihnen dann etwas sage, glauben Sie mir nicht

machen Sie mit mir, was Sie wollen
auch in Frankreich gibt es Gefängnisse für Kinder
ich kann überall überleben

und ich kann überall sterben

aber es ist wahr!
das ist sogar das Zweitwichtigste, was ich dort gelernt habe
gleich nachdem sie mir das Töten beigebracht hatten, brachten sie mir bei, allein zu leben

Amir sagte zu mir, dass jeder Krieger auch allein leben können muss
allein überleben

ohne Telefon, in einer Wüste, einer Grotte, niemand in einem Umkreis von mindestens fünfzig Kilometern

sie liessen mich in der Stille der Wüste zurück
wenn dort kein Wind weht, herrscht absolute Stille, und die Einsamkeit nimmt zu

man ist vollkommen allein auf der Welt
zumindest kommt es einem so vor

und, ja, mir gefiel das

die Einsamkeit und die Stille
in der Natur
ich weiss nicht, warum, ich musste vor Freude schreien

vor Freude über die richtige Freiheit
von allem befreit zu sein, was einen belastet
ich befreite mich von allem
von meinen Gedanken

sogar von meinen Kleidern

sie gaben mir immerhin diese Augenblicke der Freiheit
und das würde ich sofort wieder machen.

– Haben Sie dich oft so zurückgelassen
ganz allein?
– Zweimal
aber ich habe die Tage nicht gezählt
das erste Mal drei Tage

– Und sicherlich haben sie dir etwas zu essen und zu trinken dagelassen?
– Ja, Wasser, Mehl und Salz
zum Trinken und zum Brotbacken
und einen Koran, in den ich nie hineingeschaut habe
und ein Messer

das ist alles

sie haben mir beigebracht, Brot zu backen.
– Du hattest mehrere Tage lang nur Wasser und Brot?
– Ja

das erste Mal war ich nach drei Tagen so weit, dass ich alles gegessen hätte ausser Brot
sogar die harten, spitzen Akazienblätter
die merkwürdigen Insekten
aber dann habe ich es doch nicht getan

– Wie hast du das Brot gebacken?
– In der Sonne
in einer Stunde war es fertig, es war ein Fladen, ein ganz flaches Brot.
– Und du hattest genug Wasser?
– Einen Zwanzig-Liter-Kanister
und sie brachten mir bei, wie man Wasser spart und stattdessen Salz isst
das Salz verstärkt das Durstgefühl, aber verhindert die Dehydratisierung, das haben sie mir erklärt
und es desinfiziert die Wunden
es war nicht irgendein Salz
sie erzählten mir, dass es aus der Wüste kommt, aus einem Salzsee mitten in der Wüste, dem Rest eines verdunsteten Meeres
kleine Salzkiesel
ich lutschte sie wie Bonbons
oder ich zerschlug sie mit einem Stein.

– Du hast gesagt: eine Grotte
haben sie dich in einer Grotte zurückgelassen?
– Eine Grotte in einem Berg
um sie zu erreichen, musste man ein Stück hinaufklettern.
– Und wie sah sie aus, diese Grotte?
– Einfach eine Grotte.

– Klein, gross, in welcher Höhe?
Weisst du, ob sie einen Namen hat?

– Nein, das weiss ich nicht
sie war gross, sie war hoch, ja, meine Stimme hallte darin wider
man hörte das Echo.
– Kannst du sie mir ein bisschen genauer beschreiben?

– Nein.
– Warum nicht?

– Es gibt nichts dazu zu sagen

doch, eine Sache erzähle ich Ihnen noch
man brauchte mit dem Motorrad mindestens zwei Stunden bis dorthin
ich weiss es nicht ganz genau, ich hatte keine Uhr
das erste Mal kamen wir vor Sonnenuntergang dort an
wir waren mit zwei Motorrädern gefahren
ich kletterte ihnen hinterher

Amir war da, Usman und ich weiss nicht mehr, wer noch

Darling, glaube ich

beim Hinaufsteigen sah ich das erste Mal die ganze Landschaft, es war schön

aber sehr beunruhigend, das erste Mal

ein Meer aus rosa Sand

und darauf wie Pyramiden kleine violette Berge

später sah ich noch viele andere Dinge

es veränderte sich vom Morgen bis zum Abend

ich wollte Ihnen nur sagen, dass Amir, bevor er wieder wegfuhr, sah, dass ich Angst hatte in der Grotte

dass ich nicht bleiben wollte

ich flehte ihn an, mich nicht zurückzulassen

da sagte er nur: Hab keine Angst, du wirst nie allein sein

und es stimmte

– Was meinst du damit?
Haben sie dich allein gelassen oder nicht?

– Ja
aber er hatte recht, man ist nie allein.

– Kannst du dich klarer ausdrücken?

– Nein
ich habe keine Lust, alles zu erzählen

ich würde gern den Zauber der Berge wiederfinden

was werden Sie jetzt mit mir tun?

4

In seiner Erinnerung mischen sich klare, deutliche. strahlende Augenblicke im Sonnenlicht, von denen sich jede Einzelheit, wie in Stein gemeisselt, unauslöschlich eingeprägt hat, mit wie in dunstiger Hitze verschwommenen Momenten und anderen, schwärzer als die Nacht, langen, seltsam verlorenen Momenten, deren er sich nicht bewusst wäre, gäbe es keine Grenzen, kein Vorher und kein Nachher. Wie dem Moment der Trennung.

Er erinnert sich genau an Amirs pausenlose Unruhe vor der Trennung, seine unentwegte Betriebsamkeit, sein ständiges Hin und Her von einem Zelt zum anderen und sein ununterbrochenes Wechseln zwischen Grausamkeit und einer Art von Zärtlichkeit. Am Abend des Tages, an dem er ihm die linke Hand am Rad eines Motorrads festgebunden und ihn dort stundenlang ohne Wasser in der Sonne gelassen hatte, er seine flehende Mutter mit dem Tod bedrohte, nachdem ihn Idris befreit und dann zu ihm ins Zelt geführt hatte, war er es, derselbe Amir, der ihm Wasser hinhielt, ihn auf einer Matte sich ausstrecken liess, ihm ein Kissen unter den Kopf schob, sich zu ihm beugte und, während er ihm wie eine Mutter über die Haare strich, zuflüsterte, er solle das ja nicht wieder tun, er, Yumai, solle zu seinem eigenen Wohl nicht mehr versuchen zu entfliehen, wenn er nicht sterben wolle, es bereite ihm Kummer, dass er daran denke, ihn zu verlassen. Gleich danach sah Yumai, wie er zu einer am anderen Ende des Zeltes liegenden Gestalt ging und sich neben sie setzte. Es war Tajoud, dem Amir ein paar Stunden zuvor den Rücken mit einem Gürtel blutig gepeitscht hatte. Er lag auf dem Bauch, ohne einen Ton von sich zu geben, mit dem Gesicht zur Zeltplane, als wollte er die anderen vergessen, die sich beim Anblick seiner Demütigung gefreut hatten. Und Yumai sah, wie Amir eigenhändig den verletzten Rücken des Jungen ganz sanft einölte.

Hektisch wechselte Amir oft vom Zorn zur Sanftmut, dann ganz plötzlich von dieser scheinbaren Güte zum Hass. Yumai fragte sich, ob das nicht von den Pillen herrührte, die er regelmässig alle zwei Stunden einnahm, die er vor jeder Fahrt oder nach Lust und Laune auch an seine Männer verteilte und die Idris Mutpillen und manchmal Glückspillen nannte. Yumai erinnert sich jetzt daran, dass er oft solche Pillen bekam, zum Beispiel wenn sie aufbrachen, um Nachschub zu holen, oder vor dem langen nächtlichen Marsch, nachdem das Flugzeug sie überflogen hatte, und bestimmt auch sonst noch.

Zum Beispiel, als sie ihn das erste Mal allein im Reich der Menschen von früher zurückliessen. Er erinnert sich, dass das kurz nach seinem Fluchtversuch war, seine Eltern und die Kleinen waren noch da, Guillaume versuchte, sich gegen sein Weggehen zu wehren, und Amir befahl ihm, still zu sein und sich zu beruhigen, sein Sohn werde bald zurückkehren. Auf dem Motorrad, das ihn vom Lager wegbrachte, sagte er sich, Amir würde nun nach den Liebkosungen wieder auf die Bestrafungen umschalten, aber er machte sich keine Gedanken darüber, was mit ihm passieren würde. Er fühlte sich stark, er hatte vor nichts Angst.

Doch nach einer langen Fahrt zwischen Dünen und felsigen schwarzen Bergen, dann entlang eines ausgetrockneten Flussbettes, bestimmt desselben, das man vom Lager aus erkennen konnte, als die Sonne langsam unterging, begann er sich vor dem zu fürchten, was ihn erwartete. Nachdem sie zwischen Felsen und Sandflächen hinaufgeklettert waren und er in der Grotte am Berghang stand, kam es ihm erst mit Schrecken zu Bewusstsein, als Usman und Darling schon wieder ohne ihn zu den Motorrädern hinunterstiegen. Doch bald sollte er feststellen, dass es sich eigentlich um ein Privileg, eine Art Geschenk handelte. Erst als sie beim Eingang der Grotte sassen und Amir es ihm des Langen und Breiten erklärte, nachdem Yumai ihn angefleht hatte, ihn nicht allein dort zu lassen: Um ein richtiger Krieger zu werden, musste er die Einsamkeit beherrschen lernen, allein in der Wüste mit einem Minimum an Vorräten und ohne Hilfsmittel überleben können und vor allem – doch in diesem Moment glaubte er kein Wort davon – die unsichtbare schützende Gegenwart der Engel und der Gottheit erkennen und ihre Macht verspüren. Ein Krieger ist nie allein, sagte Amir und fügte dann hinzu: Du wirst sehen, sogar ein Kind wie du, zurückgelassen in einer Wüste, ist nie allein, niemand ist jemals allein. Nein, es war nicht nur eine Prüfung, ein Initiationsritus. Nach der Bestrafung für dieses Vergehen sollte es auch eine Belohnung geben. Amir hatte eingesehen, dass er zumindest von Zeit zu Zeit von der ständigen Todesangst erlöst werden musste. Er liess ihn daher Dutzende Kilometer vom Lager entfernt zurück, weit weg von Kämpfern, Gewehren und Messern, in einem von mysteriösen Dingen bewohnten Reich. Von dort zu entfliehen wäre weder in Yumais Interesse, noch dürfte er Lust darauf verspüren.

Er hatte ein mulmiges Gefühl im Magen, als er sah, wie Amir hinunterstieg, die Motorräder starteten und dann hinter dem Berg verschwanden. Amir hatte zu ihm gesagt, er werde ihn in drei Tagen abholen kommen. Er hätte gern noch eine Mutpille genommen, aber Amir hatte ihm keine dagelassen. Lange hörte er noch den Motorenlärm, wie den menschlichen Abgesang, der ihn mit der bekannten Welt verband, dann unweigerlich leiser wurde und einer grossen, beunruhigenden Stille eines neuen Landes wich, über dem schon die Nacht hereinbrach. In dieser Stille getraute er sich nicht, in die Grotte hineinzugehen, in dieses Dunkel vorzudringen, das ihm tief erschien, und auch nicht, umzukehren, um die breite Plattform im letzten Schimmer des Tages zu erforschen. Er blieb mehr als eine Stunde am Rand des Abgrunds sitzen, vor sich die Landschaft der aus dem Sand aufragenden Berge, die nach und nach in der Finsternis verschwand. Die Einsamkeit, Stille und Dunkelheit bedrückten ihn jede Sekunde mehr und erschienen ihm wie ein Bild des Todes, der sich seiner Beute nähert. Er dachte, seine Eltern hätten hier ganz bestimmt zu beten begonnen, und wahrscheinlich taten sie es in diesem Augenblick auch, verrückt vor Sorge, als Amir und seine Männer ohne ihn ins Lager zurückkamen.

Als der Mond aufging, machte sich auch die Kälte bemerkbar. Yumai hatte weder eine Decke noch warme Kleidung, wie am Tag der Entführung trug er die noch immer ungewaschenen Shorts und das T-Shirt. Die Kälte sollte Teil der Prüfung sein, desgleichen die höllische Mittagshitze. Er zog sich ans Ende der Plattform zurück, kauerte sich an die von der Sonne noch warme Felswand. Vor ihm beleuchtete nun der Mond die Wüste und die Berge, und es war durchaus vorstellbar, dass seltsame Wesen, grüne Monster und Riesenspinnen, auftauchen könnten, denn alles schien möglich in diesem grossen ausserirdischen Spektakel.

Er war weder müde noch hungrig und durstig. Er vergass sogar die Kälte und hing seinen düsteren Gedanken nach. Der Grund, warum Amir ihn vom Lager weggebracht hatte, war nicht, wie jener behauptete, um ihn in die Einsamkeit und die unsichtbare Gesellschaft der Engel einzuführen, sondern damit er nicht bei der Hinrichtung seiner Eltern und seiner Brüder dabei war. Eine Welle der Angst überkam ihn bei diesem Gedanken, und er musste aufstehen, die Plattform abgehen und versuchen, sich zu beruhigen und das Für und Wider abzuwägen. Die Vernunft gewann schliesslich die Oberhand. Amir konnte kein Interesse daran haben, seine Geiseln so bald aus dem Weg zu schaffen, wo doch die Verhandlungen über ihre Freilassung bestimmt gerade erst begonnen hatten. Wenn aber die Initiation nur ein Vorwand war, warum hatte er ihn dann weggebracht? Wobei konnte seine Anwesenheit im Lager ihn stören? Wenn der blutrünstige Mörder schon nicht alle seine Geiseln hinrichten wollte, warum dann nicht wenigstens eine – immerhin hatte er fünf in seiner Gewalt –, um seine Entschlossenheit zu beweisen und der Welt eine Art Zeitplan vorzuführen, eine Geisel pro Woche, beginnend mit dem Vater? Oder dem jüngsten Kind? Oder der Frau? Der Anblick welcher geköpften Geisel würde die ganze Welt in den grössten Schockzustand versetzen?

Yumai vertrieb schliesslich diese dunklen Gedanken. Nein, es schien ihm kein Vorteil zu sein, wenn er erst nach drei Tagen und nicht schon nach drei Stunden oder nach drei Minuten herausfände, dass Amir seine Mutter oder Louis getötet hätte, sein Hass auf den Peiniger wäre genau derselbe, während der Bandenchef, das war seltsamerweise ganz klar, gefürchtet, aber auch geliebt werden wollte. Andere düstere Gedanken überfielen ihn. Amir war so unberechenbar, so launenhaft, dass man aufs Schlimmste gefasst sein musste. Und nach Abwägen aller Eventualitäten, beim atemberaubenden Anblick dieser unbewohnten Mondlandschaft, die eindeutig einen langsamen Tod auf einem fremden Planeten verhiess, war das Schlimmste, wenn er ihn niemals abholen würde.

So vergingen die ersten Stunden, Yumai erinnert sich ganz genau daran. Die Kälte war schliesslich unerträglich geworden, und er fragte sich, wie und wo er schlafen würde. Er begann die Plattform zu untersuchen und fand endlich, was er suchte, eine Sandschicht zum Hinlegen. Sie war nur ein paar Meter vom Eingang zur Grotte entfernt, in einem noch vom Mond beschienenen Bereich, und hatte glücklicherweise etwas Wärme vom Tag gespeichert.

Gerade hatte er sich hingelegt, als er hinter sich ein Geräusch hörte. Ein Knirschen, wie Schritte auf Kieselsteinen. Er drehte sich um, sah jedoch nichts und hörte auch nichts mehr im Dunkeln. Gequält von dieser neuen Angst, dass jemand oder etwas in der Grotte war, und der Sorge um sein Schicksal, konnte er nicht vor dem Morgengrauen einschlafen.

Als er aufwachte, erblickte er einen felsigen Raum, in dem ungewöhnliche Stille herrschte. Schwaches Tageslicht drang in die Grotte, die ins Halbdunkel getaucht war wie eine Kirche. Sie war geräumig, hatte auch eine ähnliche Form, und den im Schatten liegenden Hintergrund konnte er nur erahnen. Die oberen Teile der Wände, in fünf oder sechs Metern Höhe, waren gar nicht zu sehen. Nicht nur die Stille war angenehm, auch die Temperatur. In der eisigen Nacht war es warm, aber am glühend heissen Tag bestimmt auch kühl.

Um sich davon zu überzeugen, dass wirklich niemand da war, machte er eine Runde, ohne die geringste Spur von Lebewesen zu finden. Das Geräusch, das er am Vorabend gehört hatte, blieb also unerklärlich, es sei denn, er hätte es nur geträumt. Vom hinteren Teil der Grotte aus schien der Eingang weit entfernt zu sein, doch das Licht von dort reichte aus, dass er sehen konnte, wohin er die Füsse setzte.

Er erinnert sich daran, dass er an diesem ersten Morgen auf den Wänden an manchen Stellen braune und rote Formen sowie schwarze Striche bemerkte und sich dabei dachte, dass sie wahrscheinlich vom Fels selbst herrührten, einem Stein mit vielfarbigen Adern und Reflexen, vielleicht einem Edelstein, wie man ihn in Mineralienbüchern finden kann. Der wunderschöne Stein, das gedämpfte Licht und die natürliche Klimatisierung erzeugten eine geradezu ückselige Stimmung im Vergleich zu den Höllenqualen im Lager, ein Wohlgefühl von unerhörtem Luxus. Nach dem Grauen des Gefangenendaseins fehlten nur seine Brüder und ein gefüllter Kühlschrank, um aus dieser Grotte einen Palast zu machen.

Beruhigt ging er auf die sonnenbeschienene Plattform hinaus. Jetzt sah er die Landschaft bei helllichtem Tag, die sich vom Fuss seines Berges, in etwa hundert Metern Tiefe, fast ins Unendliche erstreckte. Zuerst eine riesige, leicht rosa gefärbte gelbe Sandfläche, auf der sich da und dort kreideweisse Streifen abzeichneten. Auf der rechten Seite dieses Meers ragte fünfhundert Meter von ihm entfernt ein schwarz-violetter pyramidenförmiger Felshügel empor. Er sagte sich, er werde ihn bald besteigen, um von dort oben die Form des von ihm bewohnten Berges zu besehen. Links von diesem Meer, aber viel weiter, mindestens zwei Kilometer entfernt, schien ein anderer schwarzer Berg mit einem flachen Gipfel noch höher zu sein. An dessen Fuss endete der rosafarbene Sand mit den weissen Streifen. Zum Horizont hin verlief das Bett des ausgetrockneten Flusses, dessen Biegungen man durch Sandlinien zwischen den schwarzen Steinen gut erahnen konnte. Sein rechtes Ufer war stellenweise von kärglichen blassgrünen Büschen gesäumt, dahinter hoben sich weitere schwarze Pyramiden deutlich vor dem blauen Himmel ab. Darüber hinaus konnte Yumai keine Einzelheiten mehr ausnehmen. Der Geisterfluss erstreckte sich möglicherweise über viele Kilometer, verlief dann an der hohen, ebenfalls schwarzen Gebirgskante, die in einer leicht dunstigen Ferne den Horizont wie ein Riesentor abschloss.

Wie konnte die Erde so imposante und seit Jahrtausenden unberührte Gegenden versteckt halten, ohne dass jemand davon wusste? Im Sonnenlicht hatte diese Landschaft nichts Beunruhigendes mehr und schien ihn sogar freundlich aufnehmen zu wollen, wie ein Geschenk des Himmels, einen unerwarteten Besucher, der bereit war, ihre Grösse und Schönheit anzuerkennen. Vor allem, da um diese frühe Stunde hier ein leichter Wind, eine lauwarme, fast sanfte Brise wehte.

Er hatte Durst. Amirs Männer hatten einen Wasserkanister und einen Plastikbecher auf die Plattform an die Wand gestellt und auf einem grossen flachen Stein einen Kilosack Mehl und einige Handvoll Salz in kleinen Blöcken dagelassen. Er trank zwei Becher Wasser, und sogleich hatte er Hunger. Am Vorabend, im Lager, hatte ihm Tajoud beigebracht, wie man Brot bäckt. Er setzte sich im Schneidersitz vor den Stein, schüttete etwas Mehl darauf, zerrieb mit einem Kiesel einen kleinen Salzblock, goss den Rest des Wassers aus dem Becher darüber und begann den Teig zu kneten.

In dem Moment sah er, direkt über sich, eine auf den Felsen gezeichnete Hand. Mit der offenen Handfläche zu ihm, die Finger gespreizt, erschien sie ihm wie ein aussergewöhnlicher Willkommensgruss. Er erhob sich und bemerkte, dass es noch viele weitere gab, Dutzende, von unterschiedlicher Grösse, Kinderhände, linke, rechte, kreuz und quer, die ganze Wand entlang, in allen möglichen Höhen. Bei genauerer Betrachtung stellte er fest, dass die Zeichnungen genau die Farbe des Felsens hatten, ein Gelbgrün, und dass sie nur durch ihre ockerfarbenen Umrisslinien auszu-

…n waren. Die Menschen, die diese Zeichen hinter-…en hatten, hatten also ihre Hand auf den Stein gelegt und dann die Farbe rundherum aufgetragen. Aus welcher Zeit stammten diese Hände, die ihn begrüssten? Wer war dorthin gekommen, wann, warum? Wie war es Menschen gelungen, in mindestens fünf Metern Höhe bis zum Überhang über der Plattform zu gelangen? Wusste Amir, dass die Hände sich dort befanden, hatte er ihn deshalb an diesem Ort ausgesetzt?

Er trat etwas vom Felsen zurück, um sie zu zählen, liess aber schliesslich davon ab, denn es gab Hunderte davon. Ganz deutlich waren sie in der Sonne zu sehen. Plötzlich bemerkte er eine Hand, die offenbar auf einer anderen Zeichnung angebracht war. Er trat wieder näher und erkannte deutlich die in den Stein eingeritzte Abbildung: einen Stier mit Hörnern, vier Beinen, Geschlecht und Schwanz. Yumai sagte sich daraufhin, dass dieser Wandschmuck bestimmt aus der Urgeschichte stammte, aus der Zeit, als Menschen und Tiere hier gelebt hatten, vor vielleicht fünf-, zehn- oder fünfzigtausend Jahren. Die Hand war genau in der Mitte des Stierkörpers angebracht worden.

Er suchte lange, bis er schliesslich auf seiner Höhe eine rechte Hand fand, die ungefähr so gross wie seine war. Im Bemühen, dass sie ganz zusammenpassten, legte er sie behutsam aufeinander. Er spürte die Wärme und die Beschaffenheit des Steins unter seiner Handfläche. Alles hatte sich seit Tausenden von Jahren verändert, es gab keine Menschen und keine Tiere mehr, das Wasser war verdunstet, die Vegetation verbrannt, doch dieser Stein war noch da, völlig unversehrt mit seiner Wärme und seiner Struktur. Was er durch die Berührung mit seiner Hand spürte, war genau das, was ein Mann seiner Grösse, vielleicht sogar ein Junge seines Alters, Tausende Jahre früher dabei gespürt hatte. Er schloss die Augen und versuchte, noch näher an diese Menschen aus der Vorwüstenzeit heranzukommen. Wenn er jetzt wieder daran denkt, fragt er sich, wie er sie damals eigentlich sehen konnte. Sie waren gelenkig und schwarz, sie lebten nackt, jagten mit Bogen und Lanzen und fischten mit Netzen. Sie hatten Musikinstrumente, geschnitzte Knochen in den Haaren, Perlenarmbänder oberhalb des Ellbogens. Ihre Grotte sollte die schönste sein. Am Abend machten sie Feuer, um sie beleuchtet zu sehen, sie beteten zu den Göttern des Wassers, der Fruchtbarkeit, des Überflusses. Die Sandfläche zu Füssen ihres Berges war damals ein fischreicher See, an dem Schilfpflanzen wuchsen. Daraus machten sie sich Boote, mit denen sie fischen gingen. Die Kinder tauchten im Wasser. Büffel und Giraffen kamen zum Trinken dorthin, man musste sich vor Schlangen und Krokodilen, vor Skorpionen und giftigen Spinnen in Acht nehmen, aber niemals, niemals wären Männer von irgendwoher aufgetaucht, um sie zu ergreifen und alle abzuschlachten, Männer, Frauen und Kinder. Der Stein unter seiner Hand verband ihn mit der Welt der Menschen lange vor den heutigen Unmenschen.

Er erinnert sich, dass er so verweilte, seine Hand und schliesslich den ganzen Körper an den Stein presste und die Augen geschlossen hielt. Der Felsen roch auch nach Weihrauch oder Rauch, als hätte er winzige Teilchen eines Lebens bewahrt, das viel länger angedauert hatte als der Tod. Es war eine Reise, die ihn ganz und gar in die ferne Unendlichkeit der Zeit versetzte. Er fühlte die Gewissheit, in eine Welt einzutauchen, die es wirklich gab und die er sich nicht nur vorstellte, da der Stein oder die in seinem unvergänglichen, rauen und duftenden Körper enthaltenen Seelen der Menschen von früher ihm davon erzählten.

Dann liess er sich zu Boden gleiten, sank in die Knie, vor ihm der Himmel und die Erinnerung an all das, was von der Erde verschwunden war und wovon nur Spuren und Überreste zu erahnen waren. Dieser Sandstrand war ein See gewesen, das war offensichtlich, und diese geschwungenen Linien zwischen den Bergen weiter weg ein grünes Tal mit einem Fluss und ganz bestimmt reinem, frischem Wasser. Wasser von früher. Vor sich sah er, was die gesamte Erde in einigen Tausend Jahren wieder werden könnte. Er hatte den Friedhof einer Welt vor sich. Er erinnert sich sehr gut daran, dass er damals einen Schrei ausstiess, einen langen durchdringenden, wilden Schrei, voller Entsetzen angesichts des Totengesangs dieser grandiosen, verzweifelten Landschaft.

Oft schrie er auch vor Freude. Als er die ersten Giraffen fand, hallte sein Schrei mehrere Minuten lang in der Grotte wider, so wie manche hohen Töne, die ein Sängerknabe in ein Kirchenschiff hinausschickt. Nachdem er sein Brot im Inneren der Grotte gegessen hatte, hatte ein grosser brauner Fleck auf dem Stein seine Neugierde erregt. Er war näher herangegangen und hatte ganz deutlich die vollendete Zeichnung einer Giraffe erkennen können, dann die einer zweiten, kleineren zwischen den gespreizten Beinen der grossen. Vor ihnen, im gleichen Ockerbraun, spannte ein Mann seinen Bogen, den Pfeil auf das Giraffenjunge gerichtet. Da schrie er vor Freude, im Angesicht dieser Jagdszene, die er, wie ihm schien, schon ein paar Augenblicke zuvor gesehen hatte, als er mit seiner Hand die Hand auf dem Stein berührte. Verrückt vor Freude, so würde er heute seinen damaligen Zustand beschreiben, als er das alles erstmals erblickte, eine irrsinnige Euphorie von unerklärlicher Intensität, die ihn dazu brachte, lauthals zu schreien, darauf schnell seine Kleider abzulegen, sich an den nackten Jäger zu schmiegen und sich dann im Sand zu wälzen wie ein übermütiger junger Hund.

Jetzt weiss er, dass dieser Rausch von einem Zauber herrührte. Alle diese Farbflecken kamen also nicht vom Stein selbst, es waren keine Flecken, sondern Zeichnungen von äusserst geheimnisvoller Präzision, Reinheit und Anmut.

Tausende gab es davon in der Grotte, die er nach und nach entdeckte, und bestimmt noch viel mehr, verborgen im undurchdringlichen Dunkel des Gewölbes, denn vielleicht konnten die Menschen von früher auch fliegen.

Bevor es dämmerte, fand er am selben Tag noch unzählige weitere Hände und Giraffen, aber auch Straussenvögel, Hunde, Gazellen, Kühe, gehörnte Rinder, Ziegen, eine Art Mufflons mit geraden oder gekrümmten Hörnern und sogar ein Dromedar und einen halbverblassten Elefanten. Auch Menschen waren fast überall zu sehen, die meisten nackt, manche trugen auf ihrer braunen Haut nur einen weissen Gürtel, in dem Pfeile steckten, oder ein Armband oberhalb des Ellbogens, drei waren mit einer Feder geschmückt, andere mit seltsamen Pumphosen bekleidet. Die Menschen mischten sich unter die Tiere, jagten sie manchmal, führten sie an der Leine. In einem Bereich, der einer seltsamen Tanzfläche glich, tanzten Männer und Frauen zusammen – die Frauen waren an ihren um die Hüften gewickelten Fransentüchern zu erkennen – mit Beinen oder Armen in der Luft, mit gespreizten Beinen oder Armen, manche sogar mit dem Kopf nach unten. Die Männer an anderen Stellen, bäuchlings im Nichts, mit ausgestreckten Armen und nach oben abgewinkelten Beinen, waren zweifellos Schwimmer. Er zählte vierzig von ihnen, dann gab er auf, so viele waren es. Eine Zeichnung bestätigte ihm hier, dass er sich nicht geirrt hatte: Eine Reihe von Männern stand an einem Ufer, das mit einem einfachen Strich dargestellt war, und man sah, dass sie sich unter dem Strich, das heisst im Wasser spiegelten. Tänzer und Schwimmer, er hätte sich gewünscht, dass seine Brüder das sehen könnten.

Manchmal überlagerten sich die Zeichnungen, Menschen und Tiere waren nicht im selben Stil, und Yumai dachte, dass die Grotte nicht auf einmal ausgemalt worden war, dass vielleicht Tausende von Jahren eine Hand von der Kuh trennten, die sie zur Hälfte verdeckte.

Bevor die Sonne hinter dem Berg untergegangen war, ging er nicht wieder auf die Plattform hinaus. Der rosa Sand färbte sich rot, die violette Pyramide warf glänzende Leuchtzeichen zurück, als seien sie für ihn bestimmt, während in der Ferne bereits Venus über dem gewaltigen Eingang zur Grotte aufstieg.

Nach Einbruch der Dunkelheit kehrte er in die Grotte zurück. Die hereinbrechende Kälte erinnerte ihn daran, dass er nackt war. Er zog sich wieder an und streckte sich auf dem noch lauwarmen Sandbett aus. Als der phosphoreszierende Lichtschein des Mondes in die Grotte drang, konnte er noch ein paar grosse Zeichnungen auf dem Stein erkennen, einen extrem in die Länge gezogenen Mann, der einen Arm zum Himmel gestreckt, den anderen an den Körper angezogen hatte, die Hand auf dem Mund, als ob er jemandem Schweigen gebieten oder ein Geheimnis auferlegen wollte. Yumai fragte sich, was dieser Mann, dünn wie Schilfrohr, sagen wollte und was er selbst tun sollte, um ihn zu verstehen, sich an ihn schmiegen, sich zu seinen Füssen hinknien, ihn wie einen Gott anflehen.

In der windlosen Nacht beherrschte die Stille das flimmernde Reich im Halbdunkel. Und diese absolute Stille war nichts anderes als die Stimme der Geister, das Seufzen der Seelen all der Menschen, die im Laufe der Jahrtausende hier gewesen waren und deren Gegenwart Yumai spürte.

Er erinnert sich, dass es ihm wie eine Selbstverständlichkeit erschien, dass diese Menschen von früher noch immer da waren, nicht greifbar, unsichtbar, aber sehr wohl da, und er denkt sich, dass die Zeichnungen, die sie hinterlassen hatten, nur dazu da waren, sie nicht sterben zu lassen. Heute ist er sich dessen nicht mehr sicher. Auch dort schon war er sich dessen nicht sicher, wenn er nicht in der Grotte war. Sobald er sie verliess, fragte er sich, ob er nicht geträumt hatte oder ob er vor lauter Angst, Hunger und Einsamkeit schon verrückt wurde. Doch kaum kehrte er in den Märchenpalast zurück, liess ihm die Stille der Menschen von früher wie durch einen Zauber keinen Zweifel daran, dass sie da waren.

Am dritten Tag, der der letzte sein sollte, beschloss er, auf die Pyramide zu klettern, die am Abend im Licht der untergehenden Sonne blinkte. Dazu musste er den Sandsee durchqueren. Kurz vor dem Einstieg konnte man zwei Meter vor dem Fuss des Berges sein Ufer erkennen, das aus einem kleinen, dort entlang verlaufenden Felsüberhang bestand. Dann musste er durch den Sand marschieren, der an manchen Stellen tief und weich war, dann wieder kaum die Kalkflächen bedeckte, so dass man dort leichter vorwärtskam. Die Sonne stand im Zenit und brannte vom Himmel, er bereute es, sich die heisseste Stunde ausgesucht zu haben. Aus Angst vor einem Sonnenstich – auch so eine Zwangsvorstellung seiner Mutter, auch wenn sie manchmal recht haben konnte – zog er sein T-Shirt aus und schlang es, wie die Verbrecher ihre Wickelturbane, um den Kopf. Die Pyramide war nur ein Haufen kleiner schwarzer Felsen, ein sofort erstarrter Lavabrocken mit vielen Klumpen. Er kletterte in vielleicht einer halben Stunde mühelos hinauf, und am Gipfel dachte er, möglicherweise sei das einmal eine Insel gewesen, an der die Menschen von früher landeten, um dort Schätze zu verstecken.

Vom Gipfel aus sah er auf der einen Seite den in grauen Windungen Richtung Osten verlaufenden Geisterfluss viel besser, der sich einen Weg zwischen den unzähligen Bergen bahnte. Er stellte ihn sich wie einen afrikanischen Fluss vor, der an einer Savanne entlangführt, an Sümpfen, an grossen, wie Riesensonnenschirme aufgepflanzten Bäumen. Auf der anderen Seite lag direkt vor ihm sein heiliger Berg. Er sah aus wie eine zur Hälfte abgebrochene Felswand mit einem flachen, aber abfallenden Gipfel und einem von goldenen und weissen Streifen schräg durchzogenen Hang. Der Eingang zur Grotte auf halber Höhe war gut sichtbar, er konnte über abgerutschtes Felsgeröll und Sand erreicht werden. Man konnte sich einen Weg vorstellen, der sich durch dieses Geröll vom Ufer bis zur Grotte schlängelte, und es war nicht schwierig, weil er einige Spuren erkannte, zwei hellere Linien übereinander, die zwei Jäger mit Goldarmbändern erklommen, mit dem Bogen in der Hand und einem am Gürtel befestigten Köcher mit Pfeilen.

Er erinnert sich an diese Traumsekunden, als er Amir und Darling zur Grotte hinaufsteigen sah, in der sie ihn nicht finden würden. Der Wind blies nach Westen, und er hatte die Motorräder nicht gehört. Er liess sie weiter hinaufklettern. Einen Augenblick lang dachte er, er könnte sich eigentlich hinter einem schwarzen Felsen verstecken, die anderen würden ihn nie finden, sie würden ohne ihn zurückfahren und alles wäre vorbei, der Albtraum vom möglichen

Tod, vom Messer an der Kehle. Er würde sich mit grösserer Gelassenheit auf einen sicheren Tod einstellen, erschöpft vom Durst im friedlichen Dunkel des Wunderpalastes.

Er sah sie in die Grotte hineingehen und gleich danach wieder herauskommen, während sie seinen Namen riefen. Sie schrien noch immer und gingen um den Berg herum, als er wieder zum See hinabstieg. Später bemerkten sie ihn, als er auf dem Sand auf sie zumarschierte, und schwiegen. Sie erwarteten ihn auf der Plattform. Sie hatten ihm Limonade und Kekse mitgebracht.

Yumai ist sich nicht ganz sicher, aber glaubt schon, dass Amir und er dieses Mal in die Grotte hineingingen und der Anführer der Mörderbande ihn fragte, wie viele verschiedene Tiere er dort gefunden habe. Yumai versuchte, sich daran zu erinnern, und antwortete zehn. Mehr als dreissig, erwiderte Amir, und manche davon gab es niemals auf der Erde. Er nahm ihn in den hintersten Winkel der Grotte mit und zeigte ihm eine Gestalt an der Wand, die er nicht bemerkt hatte: ein seltsames Tier, mit gestreiftem Fell, aber vor allem ohne Kopf, mit nur drei Beinen und einem langen Schwanz, der sich an der Spitze wie eine zweizackige Gabel teilte. Sie haben noch an anderen Stellen welche gemalt, weiter oben, aber um sie zu sehen, braucht man eine Lampe, setzte Amir hinzu. Diese Dinge sind der Beweis, dass die Menschen damals Dschinnen wie Götter verehrten, dass sie Irrgläubige waren. Ich habe dich in dieser heidnischen Grotte auch deshalb zurückgelassen, damit du das verstehst. Damit du siehst, wie ein Tempel von Irrgläubigen aussieht, mit all diesen gotteslästerlichen Bildern, die sie gezeichnet haben. Die Tausende von Jahren, die uns von ihnen trennen, spielen keine Rolle, die Gottlosen und Verdorbenen von heute sind ihnen ähnlich. In ein paar Tagen kehren wir mit dir hierher zurück, wir werden Steine auf all diese unerlaubten Bilder werfen, dann durchlöchern wir sie mit Kugeln und jagen zum Schluss alles in die Luft.

5

– Wir wissen es noch nicht

wir haben nur beschlossen, dass du nicht mehr allein bleiben kannst, ohne Aufsicht

nur mit deiner Grossmutter, die keinerlei Autorität gegenüber dir hat

und die dir vor allem nicht hilft, dich wieder einzugewöhnen

vorstellbar wäre eine Unterbringung in einer Pflegefamilie

oder einem Kinderheim

oder einer medizinischen Einrichtung

es muss einige Zeit vergehen, du musst betreut und begleitet werden

es ist zu deinem Besten, Yumai

da musst du lachen …

– Niemand wird mich je einsperren können

Sie sprechen da mit Baptiste

Baptiste war ein braves, folgsames Kind.

– Es geht nicht darum, dich einzusperren, wir werden dich nicht ins Gefängnis stecken.

– Es gibt nicht nur Gefängnisse zum Einsperren
man denkt sich alles Mögliche aus für unglückliche Kinder
oder solche, die ein bisschen verrückt sind
oder in ihrer eigenen Welt leben

sie werden bald mehr sein als die anderen

schon jetzt gibt es nicht genug Platz für sie, und Sie wollen mich da reinstecken

– Wir werden versuchen, etwas für dich zu finden, wo du dich wohl fühlst
ich habe schon verstanden, du willst Natur, viel Platz
du brauchst Einsamkeit
das ist nicht leicht, wir werden etwas suchen

du musst uns verstehen, Yumai
wir sind bereit, alles für dich zu tun, damit deine Lebensbedingungen unter den gegebenen Umständen möglichst gut sind
damit du dich möglichst bald wieder fängst, aber
– Ich habe mich schon wieder gefangen
sie haben mir alles genommen, sie haben mich leiden lassen, mich geschlagen
sie wollten mich umbringen
sie haben mir alles weggenommen
nicht nur Essen und Wasser
nicht nur meine Eltern

und meine Brüder

ich erinnere mich an den letzten Blick von Louis

und sie haben mich zu dem gemacht, was ich bin
sie haben mich wieder aufgebaut.

– Erzähl mir von Louis' letztem Blick.

– Ich hatte ihn vergessen
diesen Blick
ich erinnere mich erst jetzt daran, während ich mit Ihnen spreche

ich glaube, Louis hatte Baptiste noch lieber als seine Mutter
er klebte immer an ihm

ich glaube, sein Blick suchte Baptiste, als Baptiste schon tot war
er schaute mich an

ein Blick

ein schreckensstarrer Blick
starr vor Schreck, weil er ihn nicht fand

mit vor Entsetzen weit aufgerissenen Augen, wie im Film

– Aber warum sprichst du vom *letzten* Blick?

– Weil ich Louis seither nie mehr wiedergesehen habe
auf jeden Fall erinnere ich mich nicht mehr daran
– Das war also bei der Trennung?

– Kurz vor der Trennung
ja, bestimmt, weil ich ihn dann nie mehr wiedergesehen habe.

– Aber wenn es vor der Trennung war, warum war er so entsetzt?

– Ich habe es Ihnen gesagt: weil er seinen Bruder nicht wiedererkannte.
– Und das ist auf einmal so gekommen?
Wurde ihm plötzlich klar, dass sich ein anderer im Körper seines Bruders befand?

Vielleicht hatte ihn die Trennung an sich so erschreckt?

Yumai, du hast mir nichts von den Umständen dieser Trennung erzählt
du hast seit deiner Befreiung niemandem davon erzählt.

– Weil die Umstände

wie es vor sich gegangen ist
zu dem gehören, woran ich mich nicht erinnere.
– Und doch ist es etwas Wichtiges
vielleicht das Wichtigste, was dir passiert ist.

– Nein, alles, woran ich mich erinnere, war vorher, der Blick von Louis
und nachher, der Moment, als ich bemerkte, dass sie nicht mehr da waren
ich ging zu Amir und fragte, wo sie waren, und er antwortete mir, sie seien woandershin gebracht worden
und er verbot mir, diese Frage jemals wieder zu stellen.

– Du hast mir gesagt, Louis' letzter Blick sei dir hier, jetzt gerade wieder eingefallen
und vorher hast du dich nicht daran erinnert?
– Nein, ich habe mich nicht daran erinnert, erst jetzt, als ich mit Ihnen geredet habe.
– Was war bis heute deine letzte Erinnerung an die Zeit vor der Trennung?

– Es war genau das Gegenteil einer Trennung, das Wiedersehen nach meinem ersten Aufenthalt in der Grotte
sie waren wirklich erleichert
drei Tage lang hatten sie sich gefragt, ob ich tot sei, ob sie mich hingerichtet hätten
meine Mutter küsste mich hundertmal, Tajoud und Usman standen da und grinsten
meine Eltern wollten alles wissen, was mir zugestossen war

ob ich eine Idee hätte, warum sie mich drei Tage lang so ganz allein zurückgelassen hatten

ich wusste, warum, aber ich habe es ihnen nicht gesagt

so wie ich ihnen nie gesagt habe, dass sie mir das Töten beigebracht hatten und dass ich Yumai war

– Und zwischen diesem glücklichen Moment und Louis' letztem Blick gibt es nichts?

– Nichts

glaube ich.

– Und wenn wir uns doch noch ein paarmal treffen, Yumai?
– Hier?
– Ja, wir könnten noch einige Gespräche führen, wenn du einverstanden bist

um deine Unterbringung kümmern wir uns dann später.

– Das müssen Sie entscheiden.
– Dann sehen wir uns also morgen, um dieselbe Zeit

aber ich werde dich etwas nicht ganz Leichtes fragen: bis dahin denk an Louis' letzten Blick

an die Umstände dieses Blicks

wie du ihn bemerkt hast

und wie er erloschen ist.

– Was hast du gestern Abend gemacht?
– Nichts Besonderes
wie immer habe ich mit meiner Grossmutter gegessen
dann zwei Folgen *Game of Thrones* angeschaut
ich hole gerade nach, was ich versäumt habe.
– Hast du schon vor der Entführung *Game of Thrones* geschaut?
– Ja
ich hatte die vier ersten Staffeln gesehen.
– Und siehst du die Serie heute mit anderen Augen?

– Ja
es gibt Dinge, die ich vorher nicht bemerkt hatte
bestimmte Kulissen
die traumhaften Landschaften, die sie immer von ihren Fenstern und Terrassen aus sehen
man könnte glauben, ihre Paläste stehen immer auf Berggipfeln
das gefällt mir sehr.

– Gibt es noch etwas, was du jetzt anders siehst?

– Die Sexszenen
vorher gingen sie mir auf die Nerven, jetzt gar nicht mehr

und dann wie der gewaltsame Tod ganz banal wird
niemand stirbt in seinem Bett an Altersschwäche
ununterbrochen gibt es Gewalt
auch wenn sie in Gärten voller Blumen und kleiner Vögel spazieren gehen
sogar bei den Liebesszenen

weil wir in einer Welt leben, in der der Tod immer und überall ist.

– So ähnlich wie bei uns?

– Bei uns nicht
da stirbt man im Bett
in einem Krankenhaus, einem Altersheim
meine Grossmutter weiss schon jetzt, wo sie sterben wird
sie hat das Altersheim besichtigt, in dem sie sich angemeldet hat, sie hat das Zimmer gesehen, sie hat das Bett gesehen

das ist die sanfte Version eines zum Tode Verurteilten, den man sein eigenes Grab schaufeln lässt.

– Also ist es so ähnlich wie das, was du hinter dir gelassen hast?

Ich habe den Eindruck, du erzählst mir von *Game of Thrones* so, wie du mir von deiner Gefangenschaft erzählen würdest.

– Daran habe ich nicht gedacht

ja, es war nicht viel anders

aber dort war es echtes Blut.

– Blut
von welchem Blut sprichst du?

– Von dem Blut in meinen Adern
das über meinen Arm geflossen ist, über meine Hand, auf den Boden

Sie haben die Narben auf meinem Arm gesehen, davon kam das Blut
das gehört zu den Bildern, die jetzt wiederkehren, mein blutüberströmter Arm

kürzlich, vorgestern sah ich es beim Einschlafen
ich machte das Licht wieder an und betrachtete meinen Arm
die Narben
und ich erinnerte mich.

– Woran genau?
– An sonst nichts

Sie werden schon wieder glauben, dass ich etwas vor Ihnen verheimliche
aber es stimmt, an sonst nichts

nur an meinen blutenden Arm mit den Schnitten

ich kann gar nicht sagen, wer mir das zugefügt hat und warum

was heute wichtig ist: dass es weisse Flecken in meiner Erinnerung gibt
oder schwarze, wenn Sie so wollen
und dass die Dinge wiederkommen

– Wie der letzte Blick von Louis
das Entsetzen in Louis' Blick.

– Ja.
– Du weinst
du weinst, weil Louis Yumai nicht mochte
er hatte Angst vor ihm.

– Nein, er erkannte Baptiste nicht wieder, das ist alles

wie hätte er wissen können, dass ich Yumai war?
Ich habe ihnen nie wirklich erzählt, was mir passierte, als ich ohne sie war
ich habe ihnen gesagt, sie hätten mich zum Nachschubholen mitgenommen, sie hätten mir Arabisch beigebracht
ich erzählte ihnen nie vom Krieger Yumai

nicht nur weil Amir mir gesagt hatte, er würde mich umbringen, wenn ich es täte
auch weil ich sie nicht erschrecken wollte.

– Aber Louis hat vielleicht gespürt, dass du dich von ihm entfernt, dass du dich verändert hattest.

– Ja, ich glaube, er hat es gespürt.
– Und deswegen musst du weinen?

– Ich weine nicht
Yumai weint nie.
– Du hast geweint
du hast dir über die Augen gewischt.

– Ich habe Louis sehr gerne, das ist alles
und er hat mich sehr gerne
wenn er aus der Schule kommt, dann will er zu mir, nicht zu meiner Mutter

wussten Sie, dass er tanzt?
Jeden Mittwoch, Ballett
und wenn er von dort kommt, dann tanzen wir gemeinsam
ich nehme ihn in die Arme, er ist ganz klein
wir legen eine bestimmte Musik auf, die er gefunden hat
er hat mir gesagt, es ist ein Walzer, aus einem Film von Madonna über einen englischen König
wir drehen uns, immer schneller, immer schneller, und zum Schluss fallen wir lachend um

er liebt diese Musik
er fehlt mir
und in einer Woche hat er Geburtstag
am 16. August wird er zehn
ich frage mich, ob er ihn feiern kann
das ist alles.

– Jetzt hat Baptiste gesprochen
das ist gut

wenn es zu schmerzhaft ist, dann reden wir nicht mehr davon, aber wenn du kannst

dann möchte ich, dass du versuchst, dich an die Umstände zu erinnern

daran, was passiert ist, dass dich Louis so entsetzt angeschaut hat.

– Vielleicht habe ich ihm weh getan

seit gestern frage ich mich das ununterbrochen.

– Während ich auf dich wartete, habe ich an etwas gedacht

an einige Momente erinnerst du dich ganz genau, manchmal in allen Einzelheiten
und dann wieder hast du grosse schwarze Löcher
fragst du dich das nicht auch?

– Warum ich mich an manches erinnere und an manches nicht?

Ich weiss nicht, warum
ich erinnere mich an grauenhafte Dinge, ich erinnere mich an magische Dinge
ich erinnere mich an glückliche Momente
oder sagen wir fast glückliche
ich erinnere mich an Dinge, die am Anfang, in der Mitte, am Ende passiert sind
vielleicht vermischt es sich manchmal
da gibt es keine Logik

und dazwischen sind grosse schwarze Löcher

– Dabei musst du wissen
dass es in deinem Fall, bei allem, was dir passiert ist
normal ist, dass du an Gedächtnisverlust leidest

es gibt Dinge, die dein Kopf vergessen will

aber zusätzlich zu den schwarzen Löchern gibt es auch die Geheimnisse, Yumai

zwischen den wenigen Dingen, an die du dich erinnerst, und dem, was du nicht sagen willst, bleibt nicht viel, was uns weiterhelfen könnte.

– Wenn ich Ihnen die Geheimnisse erzähle, würde Ihnen das nicht weiterhelfen

das habe ich Ihnen schon gesagt

es gibt nichts, was Ihnen helfen könnte, meine Familie wiederzufinden

es ist auch nichts dabei, was Ihnen helfen könnte, mir meine Erinnerung wiederzugeben

es ist eine andere Welt

weit weg von dem allen.

– Aber ich stelle erfreut fest, dass deine Erinnerungen seit ein paar Tagen zurückkommen

in Bruchstücken

in kleinen Teilen

wie der Blick von Louis, das Blut auf deinem Arm

das sind schlimme Dinge, die gerade zurückkommen

schmerzhafte, aber ungeklärte Fragmente

man hat den Eindruck, dein Gedächtnis wählt aus, es schützt dich vor dem Schmerz

jetzt lässt es einzelne Stücke hochkommen

du wirst sehen, dein Gedächtnisverlust ist vorübergehend, alles wird nach und nach zurückkommen.

– Gestern habe ich mich auch an einen Spaziergang erinnert, den ich völlig vergessen hatte

Amir hatte mir von seinem Grossvater erzählt und von der Jagd

vorher erinnerte ich mich nur ungefähr, was er mir erzählt hatte, aber ich hatte vergessen, wo

es war bei einem richtigen Spaziergang, nach der Trennung

Tajoud und ich waren eines Morgens allein im Zelt, Tajoud machte Tee, wie immer

ich erinnere mich, dass er ein Lied auf Mandi sang

er musste allein sein beim Singen, jede Form von Musik war verboten, sogar Lieder

ich fragte ihn, worum es gehe, er antwortete mir, dass alle Mandi-Lieder Liebeslieder sind

manche werden von den Mädchen gesungen und andere von den Burschen

es gibt welche fürs Anbaggern und andere, wenn es nicht gut läuft

es gibt eins für das erste Mal, für die erste Liebe, das begann er zu singen und lachte

das wollte ich Ihnen eigentlich gar nicht erzählen, aber das kommt jetzt wieder hoch

Tajouds Lieder an jenem Tag

und dann brach er ab, weil wir Amir hörten, der mich rief

ich ging zu ihm hin

ich hatte Angst, wie jedes Mal, wenn er mich rief

bei ihm konnte man nie wissen, was passieren würde

er konnte beschliessen, mir grundlos einen ganzen Tag kein Wasser zu geben

er konnte mich schlagen, ohrfeigen, mich auf den Boden werfen und mir Fusstritte versetzen

einfach so

einmal, weil ich während des Unterrichts mit Idris eingeschlafen war

einmal wegen gar nichts, einfach so, nur zum Spass

daher hatte ich Angst, als ich an jenem Tag aus dem Zelt trat, er sass davor auf einem Motorrad und befahl mir aufzusteigen

wir fuhren zu zweit weg, allein, und wir fuhren lange, ich weiss nicht, vielleicht eine Stunde lang

endlos

ich bekam immer grössere Angst

wir waren noch nie nur zu zweit so weit vom Lager weggefahren

und dann hielten wir irgendwo an, und er befahl mir abzusteigen

wir liessen das Motorrad dort zurück und gingen ein Stück zu Fuss

dort war es völlig kahl

kein Baum, nichts, ein Meer aus Sand und schwarzen Steinen

und dann sah ich plötzlich, dass wir uns einer Kluft näherten, eigentlich war es ein sehr enges, sehr langes Tal

und wir stiegen ganz hinunter

es war nicht tief, man musste nur zwischen grossen Felsen hinuntersteigen

unten war ein ausgetrocknetes Flussbett

es gab nur noch Sand und seitlich an den Ufern viele Steine

am Anfang, beim Hinuntersteigen, dachte ich, das wäre ein idealer Ort, um mich hinzurichten

niemand würde mich dort jemals finden

und unten sagte er dann zu mir: Hier gibt es Dinge, die mir mein Grossvater gezeigt hat, als ich klein war, viel kleiner als du

ich werde dir zeigen, dass manche Steine Geschichten erzählen

man muss die Worte Gottes lesen können, wo sie sich auch befinden

oder etwas in der Art

man muss die Spuren der Barmherzigkeit Gottes erahnen können für die Menschen, die er erschaffen hat

wir gingen noch ein Stück weiter über den Sand, und dann zeigte er mir einen grossen Stein

der war nicht wie die anderen

er war flach, schwarz, ganz glatt und hatte in der Mitte eine leichte Vertiefung

so etwa

er erklärte mir, es sei ein Stein zum Mahlen von Getreide

er glaubte, dass Hirtennomaden ihn dort vor langer Zeit zurückgelassen hatten

wir marschierten noch ein Stück in dem kleinen Tal, und da lag noch ein ziemlich grosser Stein

ich fand aber nichts Besonderes an ihm, er sah aus wie alle anderen, hatte nur eine ziemlich tiefe Kerbe in der Mitte

er sagte zu mir, das sei ein Stein zum Anbinden der Tiere

man band sie mit einem Strick an, den man um den Stein wickelte

und dadurch hatte der Stein eine Kerbe bekommen

sein Grossvater hatte ihm erzählt, dass er noch wilde Tiere jagte, als er jung war

Gazellen, Antilopen, aber ohne sie zu töten

er fing sie mit Fallen, band sie an diesen Steinen fest

und behielt sie, bis er Hunger hatte, erst dann tötete er sie, um sie zu essen

danach fuhren wir wieder zurück

und auf dem Motorrad dachte ich mir, ich sei wie eine Gazelle, die Amir gefangen hatte

Amir war wohl ein Jäger

er handelte aus reinem Jagdtrieb

würde er uns freilassen, dann würde er eines Tages andere entführen

ganz bestimmt

weil es keine Gazellen mehr in seiner Reichweite gab.

– Deshalb musst du uns helfen
du musst uns möglichst viele Einzelheiten angeben
er muss unschädlich gemacht werden.

– Die Dinge kommen nach und nach wieder hoch
ich habe das Gefühl, ich wache langsam auf.

– Du musst dich auch daran erinnern, was sie miteinander gesprochen haben
sie haben dir ein bisschen Arabisch beigebracht
ein bisschen Mandi
du warst bei ihnen in ihren Zelten
du musst verstanden haben, was sie redeten oder zumindest worüber sie sprachen.

– Sie sprachen nicht viel miteinander

manche verbrachten die Zeit damit, den Koran zu lesen, andere hörten aufgezeichnete Predigten an
sonst sprachen sie über Mädchen
sie wollten Mädchen aus den Dörfern entführen, aber fragten sich, wie sie sie ernähren könnten, wenn jeder eines hatte

und sie sprachen über Geld, sie brauchten Geld
sie beschwerten sich immer, nicht genug zu essen zu haben
und nicht genug Waffen, Munition.

– Hast du gehört, dass sie über das Lösegeld sprachen, das sie für dich verlangten?
– Nein, nie
wie viel haben sie verlangt?

– Darüber darf ich nicht mit dir sprechen.

– Sie haben also auch Geheimnisse
aber dieses ist nutzlos

ich hätte gerne gewusst
wie viel für mich und für die anderen

– Ich kann dir nur eins sagen: Sie wollten enorm viel Geld
und man hat es ihnen nicht gegeben

lach nur, aber es stimmt.

– Sobald ich wieder zu Bewusstsein kam
im Bett in der Botschaft
ich erinnere mich an das grosse Bett
die Vorhänge
die Klimaanlage
die viel zu grossen gestreiften Boxershorts, die nicht mir gehörten
ich fragte mich wirklich, wo ich war

ob es ein Hotel war
wer mich dorthin gebracht hatte

und dann kam einer herein, ein Arzt, und erklärte es mir

und ich glaube, ich habe mich als Erstes gefragt, wie viel man ihnen gegeben hatte

eines Tages hatten sie Geld gefunden
sie kamen ganz aufgeregt vom Nachschubholen zurück
sie setzten sich im Kreis auf den Boden und begannen auf der Matte die Pässe auszupacken
mindestens zwanzig
und Handys und viele Banknoten
während sie die Scheine zählten, liessen sie mich die Pässe anschauen
die kamen aus mehreren Ländern, aus dem Senegal, aus Burkina Faso, Gambia
nur von Männern, von jungen Männern

ich erinnere mich an ihre Gesichter auf den Fotos
alle wirklich sehr jung
sie mussten tot sein, und ich fragte sie, ob sie tot waren
ich dachte, sie hätten sie umgebracht
sie lachten
und erzählten mir, sie hätten sie mitten in der Wüste neben einem umgestürzten Lkw tot aufgefunden

sie waren schon mehrere Monate tot gewesen
ganz ausgetrocknet von der Sonne
die Männer hatten die Wüste durchqueren wollen bis zum Mittelmeer, um zu versuchen, von dort nach Europa zu kommen

es war das erste Mal, dass sie Tote gefunden hatten
aber sie sagten mir, es gebe Tausende in der Wüste
Tausende, die es nie bis zum Meer schafften.

– Heute ist mir beim Zuhören etwas Erstaunliches aufgefallen, Yumai

du erinnerst dich an ganz schreckliche Dinge vor der Trennung

an die Scheinhinrichtung, die Todesdrohungen

sehr harte Bestrafungen

und nach der Trennung erinnerst du dich ganz genau

sogar mit vielen Einzelheiten

nur an – ich würde nicht gerade sagen – unwichtige Dinge

im Gegenteil, sie sind interessant für uns

aber für dich waren sie lange nicht so brutal

so voller Gewalt

nach der Trennung sind all die schrecklichen Dinge noch verschüttet, vorher aber nicht.

– Ich weiss es nicht, alles vermischt sich

es gibt auch vor der Trennung Löcher

ich frage mich, ob das nicht mit den Pillen zu tun hat.

– Welche Pillen?

– Ab einem bestimmten Zeitpunkt gaben sie mir Pillen, die mit Wasser einzunehmen waren ich fragte, was das sei

ich sah sie oft welche nehmen, dadurch wurden sie ein bisschen verrückt, überdreht

ich wollte wissen, ob das die gleichen waren wie die, die sie mir gaben

Idris sagte ja und dass sie sie Mutpillen oder Glückspillen nannten

ich glaube, von da an hab ich Erinnerungslücken.

– Und was bewirkten diese Pillen bei dir?

– Sie gaben mir Mut, Kraft

das Gefühl, dass nichts unmöglich war
dass mir nichts weh tun konnte

es ist schwer zu erklären

manchmal gaben sie mir auch mehrere.

– Musstest du sie nehmen?

– Nicht wirklich.
– Nicht wirklich, aber du hast sie trotzdem genommen?

– Wegen dem Becher Wasser.

– Wirklich? Nur wegen des Wassers?

– Nein

auch weil sie mich vergessen liessen, dass ich vielleicht sterben würde

auf grauenhafte Art sterben, wie sie es in dem Video sagten

ich dachte nicht mehr daran, dass meine Eltern und meine Brüder vielleicht tot waren

dass mir heiss war oder kalt

oder dass ich Hunger hatte

ich fühlte mich gut

ich fühlte mich gut dort, wo ich war

bei ihnen.

– Heute würde ich gerne über die Videos sprechen
wie viele haben sie insgesamt gemacht?
– Videos?
Drei, das wissen Sie doch, man kann sie anscheinend auf YouTube anschauen
aber ich habe sie nicht gesehen, weil ich kein Internet haben darf

und ich will sie auch gar nicht sehen
– Bald darfst du wieder Internet haben
aber du weisst, dort sind grauenhafte Dinge zu sehen, und wir wollen dir ersparen, dass du darauf stösst.
– Weil Sie glauben, ich würde nach den grauenhaften Dingen suchen?

Ich möchte Internet haben, um etwas anderes zu erfahren.

– Was möchtest du denn erfahren?
– Etwas über die Wüste, die Mandi-Wüste
ob man etwas über die Mandi-Wüste weiss

zum Beispiel zur Zeit der Elefanten.

– Ich kann fragen, ob es ein Buch über die Mandi-Wüste gibt, wenn du willst.

– Das wird eine Ewigkeit dauern.

– Ich schreibe es trotzdem auf

kommen wir noch einmal auf die Videos zurück

du sagst, es gab nur drei?

Gab es nicht vielleicht noch andere, die sie nicht verbreitet haben?

– O ja, aber es waren die gleichen

Usman drehte immer mehrere nacheinander, die gleichen, und das beste behielt er.

– Wie viele?

– Ich weiss es nicht mehr, drei oder vier.

– Gut, fangen wir mit dem ersten an

dem mit der ganzen Familie

ihr sitzt alle in einer Art Zelt mit Teppichen in allen Farben

deine Mutter hinten ganz in Schwarz mit einem Schleier und ein Dschihadist im Vordergrund, der sich das Gesicht mit seinem Chèche bedeckt

ist das Amir?

– Ja.

– Wie lange nach der Entführung war das?

– Gleich danach

drei, vier Tage später.

– Am Anfang liest dein Vater die Forderung auf Französisch

sie verlangen die Freilassung von Gefangenen
erinnerst du dich, wer den Text geschrieben hat?
– Amir, auf Englisch, und mein Vater hat ihn ins Französische übersetzt.

– Dein Vater, du und deine Brüder, ihr seid recht gut beieinander, aber deine Mutter war völlig fertig, nicht wahr?
– Sie schämte sich
man hatte sie gezwungen, ein langes schwarzes Kleid anzuziehen und die Haare mit einem schwarzen Schleier zu bedecken
sie hatten ihre Kleider verbrannt
kurz vor der Videoaufnahme hat sie geweint
sie hat sich versteckt, um zu weinen, aber ich habe sie gesehen.

– Womit haben sie gefilmt?
– Mit einem Telefon
es war immer Usman, der mit seinem Telefon filmte.

– Dann spricht Amir – arabisch
hast du verstanden, was er gesagt hat?
– Ich sprach noch kein Wort Arabisch, ich habe nichts verstanden.
– Und Amir hatte euch vorher nicht gesagt, was er in diesem Video verlangen, was er sagen würde?
– Nein.
– Und jetzt weisst du, was er gesagt hat?

– Niemand hat es mir gesagt, aber ich kann es mir vorstellen

dass sie uns umbringen würden, wenn man ihnen nicht gibt, was sie wollen

aber das wusste ich von Anfang an

bei einer Entführung ist das immer so, man tauscht die Geisel gegen etwas ein

und wenn man es nicht bekommt, dann bringt man die Geisel um

ich erinnere mich, dass ich erleichtert war, als sie das Video drehten, das bedeutete nämlich genau das: Sie wollten uns eintauschen

und Frankreich würde uns nicht sterben lassen

das sagte zumindest mein Vater immer

und dann vergingen die Tage

als ob man ihnen nicht geben wollte, was sie verlangten

viele, viele Tage

mit all dem, was ich Ihnen schon erzählt habe

ich fragte meinen Vater, ob das normal sei, warum es so lange dauere

er antwortete mir, die Verhandlungen dauerten immer sehr lange

viele Details müssten geregelt werden, wir sollten uns keine Sorgen machen

und vor allem die Kleinen nicht beunruhigen

– Und dann gab es das zweite Video, fast einen Monat nach dem ersten
erinnerst du dich, wie das abgelaufen ist?

– Nicht gut
sie verlangten von uns, in der prallen Sonne zu stehen
und Usman begann immer wieder von vorne
Papa schaffte es nicht, das Papier, das er vorlesen sollte, auf Englisch zu lesen

wir waren alle erschöpft.

– Erinnerst du dich daran, was dein Vater sagen sollte?
– Ja, dass man die Gefangenen freilassen solle
und wir nicht mehr könnten, dass es schnell gehen müsse

das stimmte

wir kamen uns ganz schmutzig vor
Clément war krank, er hatte Durchfall, Fieber
und konnte sich kaum noch auf den Beinen halten

Mama konnte auch nicht mehr
sie schwitzte sehr in ihrem schwarzen Kleid

und sie sparte sich das Wasser für die Kleinen ab
sie blieb den ganzen Tag liegen

ich ging manchmal zu ihr, um zu schauen, ob sie nicht schon tot war

es stimmte, es musste schnell gehen

ich wollte nur schreien, jetzt beeilt euch doch, verdammt, beeilt euch!

vielleicht wäre das wirksamer gewesen als Papas ruhige Stimme

dabei war er gar nicht ruhig

er wollte uns nur beruhigen, aber ich glaube, er war genauso in Panik.

– Wieso glaubst du, dass er in Panik war?
– Er betete immer öfter.

– Amir ist in dem zweiten Video nicht zu sehen

weisst du, warum?
– Nein.
– Er drehte ein eigenes Video, in dem er verlangte, dass die französische Armee das Land verlässt, und noch einmal, dass alle Gefangenen freigelassen werden

aber dieses Mal hatte er es eilig

er nannte eine Frist

deshalb befahl er deinem Vater, zu sagen, sie sollten sich beeilen

haben sie dir von diesem Video erzählt?

– Von dem Video nicht, nein

aber Tajoud hat mir von der Frist erzählt

er hat zu mir gesagt zwei Tage

waren es wirklich zwei Tage?

– Ja.

– Und Tajoud fuhr sich mit dem Finger über die Kehle

also nehme ich an, dass Amir in dem Video sagt, alles, was er verlange, müsse in zwei Tagen erfüllt werden

sonst würden sie uns die Kehle durchschneiden.

– Ja

was hast du dir gedacht, als Tajoud dir das gesagt hat?

– Ich dachte an Gott

ich betete zu Gott so wie mit zwölf

ich bat ihn um Vergebung

ich bat ihn darum, uns zu Hilfe zu kommen

und dann erzählte ich es Papa

er bat mich, den anderen nichts zu sagen

er sagte mir natürlich, ich solle mir keine Sorgen machen

die Entführer würden Druck ausüben, das machten sie immer so, aber sie hätten kein Interesse daran, uns umzubringen

und wir sollten beten

wir würden bald freigelassen werden.

– Was ist während dieser zwei Tage passiert?

– Nichts

ich hatte Angst

Clément war noch immer krank

mit dem Durchfall musste er viel Wasser trinken

wir gaben ihm drei Viertel von unseren Rationen, aber es war nicht genug

ich sagte es Tajoud, und er brachte uns heimlich Flaschen

Tajoud war kein Killer

ich erinnere mich jetzt, dass er mir damals Pillen gegeben hat

– Viele?

– Genug, damit ich mich besser fühlte, glaube ich.

– Erinnerst du dich noch an etwas anderes?

Erinnerst du dich noch an etwas anderes?
– Nein, an nichts Besonderes
ich glaube, ich habe in Amirs Zelt geschlafen
aber ich bin nicht sicher

Papa hätte mich gefragt, warum

ich weiss es nicht mehr.

– Und am dritten Tag hast du mit deinem Vater gesprochen, wart ihr erleichtert?

– Ich erinnere mich nicht mehr speziell an den dritten Tag

überhaupt nicht
ich erinnere mich daran, dass Papa Clément etwas zu trinken gegeben hat, gleich nachdem Tajoud das Wasser gebracht hatte
Mama lag dort
sie fragte ihn, ob Clément Fieber habe
ich erinnere mich an Mamas Stimme
sie war erschöpft, ihre Stimme war ganz schwach, ich erkannte sie gar nicht wieder

ich erinnere mich nicht, was Papa darauf gesagt hat

und dann, nein, ich erinnere mich nicht, dass ich einen von ihnen wiedergesehen hätte

– Was meinst du?

Trennten sie euch damals, in den Stunden oder Tagen nach dem Video?

– Vielleicht, nach dem, was ich Ihnen gerade erzählt habe

gibt es ein schwarzes Loch.

– Louis' schreckensstarrer Blick, war das nicht zu diesem Zeitpunkt?

– Ich weiss nicht, wo ich diesen Blick hintun soll

er ist ausserhalb der Zeit

taucht kurz auf

und vergeht

er verschwindet und kehrt wieder.

– Und dann gab es das dritte Video
in dem du allein auftauchst
war das nach der Trennung?
– Ja.

– Du kniest dort, mit einem Dschihadisten hinter dir, der ein Messer hält

deine Hände sind hinter dem Rücken zusammengebunden, und du wirkst erschöpft

ganz mager und in einem seltsamen Zustand

du sprichst Worte aus, die du nicht zu verstehen scheinst

erinnerst du dich an die Umstände, unter denen dieses Video gedreht wurde?

– Undeutlich

sie haben mich extra dafür gefesselt, sonst war ich nie gefesselt gewesen

Amir sagte mir, das wäre nur, damit man meine Arme nicht sieht, die Wunden

es war eine Komödie

sie lachten, sie machten sich über Idris lustig, in der Uniform, die ihm zu gross war

sie hatten die zu langen Hosenbeine mit dem Messer abgeschnitten

ich glaube, es dauerte Stunden, dieses Video

ich konnte mir nicht merken, was ich sagen sollte

ich war wirklich erschöpft

ich konnte mich nicht einmal mehr auf den Knien halten.

– Gab es einen bestimmten Grund für diese Erschöpfung?

– Sie hatten mich mehrere Tage lang in der Grotte gelassen

eine Woche, zehn Tage, ich weiss es nicht mehr
nur mit Mehl und Wasser
gleich danach wurde das Video gedreht

ich erinnere mich nicht, was ich gesagt habe.

– Du sagst, deine ganze Familie sei hingerichtet worden, weil die Regierung deines Landes die legitimen Forderungen der Gruppe nicht erfüllt habe

und es bleibe sehr wenig Zeit, zehn Tage, bevor auch du hingerichtet würdest.

– Sie wollten, dass ich weine, glaube ich

ja, Amir sagte: Kannst du nicht weinen?
Allah, erhöre mich, mach, dass dieses Kind weint!
und da mussten sie lachen

es war unmöglich zu weinen.

– Dabei waren die Worte, die du sagen musstest, alles andere als lustig.

– Welche Worte?
– Was ich dir gerade gesagt habe, dass deine ganze Familie hingerichtet worden sei.
– Ich erinnere mich nicht an diese Worte

in dem Augenblick habe ich es bestimmt nicht geglaubt, und ich glaube es noch immer nicht.

– Warum nicht?

– Weil sie es mir gesagt hätten.

– Ist dir damals bei diesem Video, bei der Rückkehr aus der Grotte
klargeworden, dass deine Eltern nicht mehr da waren?

– Ich kann mich nicht mehr erinnern, ob es mir damals, vor oder nach der Grotte, klarwurde.

– Ich weiss es auch nicht, Yumai
deine Eltern wurden noch nicht gefunden
aber ich rufe dir die Fakten in Erinnerung

eines Tages drehen sie ein Video von euch allen
du erfährst von Tajoud, dass Amir noch eins, ein eigenes, gemacht und ein Ultimatum gestellt hat
zwei Tage
und dass ihr danach hingerichtet würdet
nach diesen zwei Tagen erinnerst du dich nicht mehr, deine Familie gesehen zu haben
dann schicken sie dich allein weg, hundert Kilometer weit entfernt, und als sie dich zurückkommen lassen, verlangen sie von dir, vor einer Kamera zu sagen, dass deine Familie hingerichtet worden sei.

– Das war doch nur Theater

Amirs Video, mein Video, das war nur gespielt
um das zu bekommen, was sie wollten.

– Wie kannst du dir dessen so sicher sein?

– Sie hätten es mir gesagt

Tajoud hätte es mir gesagt, Idris auch

sie sagten mir mehrmals, sie würden woanders festgehalten

seither habe ich darüber nachgedacht, sie haben sie bestimmt an eine andere Gruppe verkauft

deshalb findet man sie nicht, deshalb haben wir keine Nachrichten mehr

ich hoffe, dass es ihnen gutgeht

dass sie am Leben sind

– Sie würden dich nicht wiedererkennen, wenn sie zurückkommen

was meinst du?

sie haben Baptiste verlassen und würden Yumai vorfinden.

– Auch sie wären nicht mehr dieselben

nichts kann wieder so sein wie früher.

– Wir hören für heute auf

eine letzte Frage: Haben sie noch andere Videos gedreht?
Keine Propagandavideos mit Forderungen, die von der ganzen Welt gesehen werden sollten
sondern nur für sich selbst
haben sie euch nie einfach so gefilmt, als Erinnerung, als Trophäe?

– Ich weiss es nicht, ich erinnere mich nicht daran

es ist möglich, sie hatten alle ein Handy, sie luden es mit einem kleinen Solargenerator auf
aber es gab kein Netz
nur Amir hatte ein Satellitentelefon
sie benutzten sie für Spiele und für den Koran
ich erinnere mich nicht daran, dass sie Fotos oder Videos von uns gemacht hätten
ausser die Videos von Usman, von denen wir gesprochen haben

aber vielleicht ja doch.

– Es ist also nicht unmöglich, dass eines Tages andere Bilder auftauchen.

6

Er befand sich wieder allein in der Grotte der Menschen von früher und wusste nicht einmal, wer ihn zum zweiten Mal hingebracht hatte. Er trug eine Uniform, die gleiche wie Amir, in grün-braunen Tarnfarben, aber sie war ihm viel zu gross, und er erinnerte sich nicht daran, sie schon einmal getragen zu haben. Wer hatte sie ihm angezogen? Wer hatte ihm die Ärmel hochgekrempelt? Ein dunkler Tunnel verband ihn mit den letzten Bildern, an die er sich erinnerte, sein Vater über Clément gebeugt, dem er zu trinken gab, gleich daneben die schwarze Gestalt seiner liegenden Mutter, die mühsam den Kopf hob und mit unkenntlicher Stimme fragte, wie es ihrem Sohn gehe. Und vor allem das letzte Bild, getrennt von den anderen, in weissem Licht, ohne Hintergrund, ohne Vorher und Nachher, das sich seit Stunden wie eine Welle beissenden, ätzenden Schmerzes in ihn hineinfrass, sich nur so lange zurückzog, bis er Luft holen und den Ort wiedererkennen konnte, an dem er sich befand, das aber pausenlos wiederkehrte, jedes Mal schärfer, brennend, unerträglich, das Bild von Louis' schreckensstarrem Blick.

Er erinnert sich an das, woran er sich in dieser Grotte erinnerte und was ihn quälte, genau in dem Augenblick, als er das Messer packte. Dessen Klinge war mit braunen Spuren bedeckt, die er für Rost hielt, die sich unter seinen Nägeln jedoch wie ein fettiges Pulver verteilten. Nichts und niemand hätte ihn in diesem Augenblick davon abbringen können, seinen nackten Unterarm der Messerklinge hinzuhalten, sich tiefe parallele Schnitte zuzufügen, aus denen sein eigenes Blut herausrann. Zwölf Schnitte, die er seither unzählige Male gezählt hatte, ohne sich zu erinnern, wer ihm das angetan hatte noch warum. Heute erinnert er sich daran. Er erinnert sich an alles, ganz genau. An das Blut, das in den Sand floss, an den Schmerz, der immer stärker wurde, bis zum Höhepunkt, als er sich Hände voll Salz auf die Wunden streute, wie ein rotglühendes Eisen auf seiner Haut, an sein Schreien, das in der Grotte widerhallte, und an die vielen Tage, an denen er sich an seinen Schmerz klammerte, als sei dieser sein kostbarstes Gut.

Von diesen Tagen bleibt die Erinnerung an die Zauberkünste der Menschen von früher, die ihm Hilfe brachten, ihm Zeichen machten mit ihren geöffneten Händen, auf die er die seinen legte. Es gab eine Hand im Inneren der Grotte, genau auf seiner Höhe und so gross wie seine, gleich daneben etwas tiefer eine andere, kleinere Hand, zu der er immer wieder zurückkehrte. Die linke Hand eines Jungen von früher, auf die er lange seine noch blutbefleckte Hand gelegt hatte. Dabei hinterliess er auf dem Stein in der Mitte der Handfläche einen kleinen roten Fleck, wie ein Stigma, das ihn an Heiligenbilder erinnerte. Stundenlang wanderte er in der Grotte herum, liess seine Hand über den Stein gleiten, blieb stehen, wenn er eine neue Zeichnung entdeckte, einen Vogel Strauss in einer Falle, mit einem Fuss in einer Art Strick gefangen, oder einen nackten Läufer mit einem Gürtel und Ringen an den Knien und Knöcheln oder drei Männer, die vor einer schwangeren Frau tanzten, und tausend andere Gestalten, wie Türen zu einer Zauberwelt, und er das Gefühl hatte, er würde sie gleich durchschreiten. So ging er viele Stunden umher, kehrte aber immer wieder zu dem roten Fleck zurück, dem Fleck seines eigenen Blutes, der Spur, die er hinterlassen hatte und die sich mit den anderen vermischen würde.

Dieser zog unweigerlich seinen Blick auf sich wie eine Flamme in der Nacht. Das Rot wies leichte Farbnuancen von Ocker und Braun auf, doch eigenartigerweise dominierte dort ein Glanz von frischem Blut, der von seiner eigenen Hand längst verschwunden war. Als ob die Chemie des Steins die Toten wieder auferwecken, sie zurückbringen könnte. Und wenn er den Fleck aus der Nähe betrachtete, verlieh ihm die feine kristalline Struktur des Steins Körper und Tiefe, eine leicht glitzernde Landschaft, in der Schatten und Lichter tanzten. Sobald er ein paar Schritte zurücktrat, flackerte der Fleck in der zehntausend Jahre alten Hand und strahlte so sehr, dass er eine rote Zone vor sich entstehen liess, wie eine Blase, die ihn schützte. Vielleicht sah er schliesslich, weil er immer wieder dorthin zurückkehrte, den Jungen von früher, von hinten, seinen Leib geschmückt mit Elfenbeinringen und einer Krone aus bunten Federn, seine Pfeile unter den Gürtel gesteckt, seinen geritzten Arm zum Himmel erhoben, seine Hand an den Stein gepresst. Und an seiner Seite, ähnlich, aber ohne Schmuck und Waffen, in der gleichen Stellung, seinen jüngeren Bruder. Daran erinnert er sich, das war kein Traum.

Während der Zeit in der Grotte, deren Dauer er heute überhaupt nicht mehr abschätzen kann, trat er nur zu bestimmten Stunden und niemals tagsüber auf die Plattform hinaus. Er scheute das Licht. Die Rosatöne des Sonnenuntergangs passten besser zu seiner Erschöpfung, sie beruhigten ihn und liessen schliesslich die letzten Reste seines Gewissens verstummen. Dort wachte er auf, hungrig, durstig, noch bevor die Sonne hinter dem grossen Tor des Horizonts erschien. Er hatte keine Kraft mehr, Brot zu backen, er ass mit Wasser befeuchtete Mehlkugeln. Gerade so viel, dass er nicht starb.

Eines Tages lag er in der roten Zone zusammengekauert, als er eine Hand spürte, die ihn an der Schulter schüttelte. Es war Amir, allein. Er hatte das Motorrad nicht kommen hören, und seine Überraschung, sein Glück, ihn zu sehen, war so gross, dass ihm die Tränen kamen. Amir holte eine Limonade und eine Packung Kekse aus seinen Uniformtaschen, dann bemerkte er die Verletzungen an seinem Arm. Er erinnert sich, dass Amir nur sagte, er werde ihm sein Messer nicht wegnehmen, doch er solle von nun an den Dämonen der Grotte widerstehen. Er frage sich, ob diese das Werk Gottes oder des Teufels sei. Er stellte ihm die Frage, was er, der kleine Christ, denn darüber denke, und er antwortete: das Werk Gottes.

Daraufhin hielt Amir einen langen theologischen Vortrag, aus dem hervorging, dass, wenn er die Grottenzeichnungen mit der Absicht betrachte, über die Schöpfung Gottes zu meditieren, er es ihm erlaube und ihn sogar dazu anhalte, denn die Meditation als Anrufung Gottes sei eine der besten Handlungen, die er begehen könne. Doch es sei sicher, dass sich die Dämonen hier niedergelassen hätten und ihre Gesellschaft für ihn eine ausgezeichnete Prüfung darstelle. Wenn sie zu Ende sei, und zwar bald, dann werde er, wie er ihm schon erklärt habe, kommen und alles zerstören. Heute fragt sich Yumai, ob Amir noch am Leben ist und ob er es getan hat.

Dann sagte ihm Amir, warum er ihn aufgesucht habe. Er wolle wissen, ob er noch am Leben sei, wie er dort, allein, mit einem Koran und ohne Pillen, der Gesellschaft der Geister widerstehe. Nicht sehr gut, scheine es, daher werde er in ein paar Tagen Usman schicken. Trotz allem, was er bereits bewiesen habe, sei er noch kein echter Soldat. Amir fragte sich, ob er eines Tages einer sein werde, ob er schliesslich Gefallen daran finden werde, im Namen Gottes zu töten, und, wenn ja, ob der Kindersoldat mit den langen blonden Haaren ein Engel werden könne, ein Held, ein Bote, das Idol von Millionen von wahren Gläubigen in der ganzen Welt, zu dessen Ruhm man Gedichte schreiben und Filme drehen werde. Das hatte er leise gesagt, aber in einem fanatischen Tonfall, so wie er manchmal am Abend im Zelt den Jungen, mit denen er sich gern umgab, vom Leben des Propheten und seiner Gefährten erzählte, vom Besuch des Engels Gabriel, von der Himmelfahrt und dem Entdecken der Wunder der himmlischen Welt. Yumai erinnert sich jetzt an die Abende in Amirs Zelt, an die Verteilung der Glückspillen, die man mit ein wenig ganz heissem, stark gezuckertem Tee schluckte, an das Haschisch, das man unter einem Glas brennen liess, bevor man den Rauch einzog, an die endlosen Geschichten, die sie sich erzählten, die Versgedichte zum Ruhm des Dschihad, die sie bis zum Morgengrauen aufsagten, an das Flüstern, Lachen und Rascheln der Stoffe im Dunkeln und schliesslich, vor dem Löschen der beiden Lampen, an den Jungen, den Amir auswählte und der bei ihm schlafen sollte, als Schutzschild für sich, hatte ihm Idris erzählt, wenn er angegriffen würde. Es gab drei, die sich um dieses Privileg stritten, ein paar Stunden eng an den verehrten Anführer gedrückt zu verbringen. Einer hiess Ibrahim und war an seinen drei Kupferarmreifen am Handgelenk und seinem Ohrring zu erkennen. Der Zweite, bestimmt der Jüngste, färbte sich die Haare mit Henna und hiess Adam. Der Dritte war sein sogenannter Koranlehrer, Idris, mit grünen Augen, den man die Gazelle nannte. Statt ihn die Suren entziffern und aufsagen zu lassen, deren Sinn er nicht verstand, hatte Idris ihm in einer der Schulstunden erzählt, wie er von Amir und dessen Bande aus seinem Dorf entführt worden war. Die Gruppe hatte ein paar Männer erschossen, einige Frauen vergewaltigt und alles geplündert, was sie mitschleppen konnten. Dann hatte Amir ihn, Idris, bemerkt und ihm befohlen, auf ein Motorrad zu steigen. Die drei halbwüchsigen Leibwächter Amirs waren alle auf die gleiche Art und Weise entführt worden.

Amir fuhr sehr bald wieder ab. Er hätte ihn gern begleitet, wäre gern wieder im Lager, auch bei seiner Familie, vor allem aber in der Gesellschaft der Krieger gewesen. Er sagte es Amir nicht, er wusste, es wäre sinnlos gewesen, ihn darum zu bitten. Diesmal hörte Yumai das Motorrad starten und dann lange den Motorenlärm, der nach und nach von dem Geräusch eines leichten Windes übertönt wurde, der aufgekommen war. Er nahm die noch immer ungeöffnete Packung Kekse, ging auf die Plattform in das gleissende Licht hinaus und warf sie in die Leere. Schon allein beim Gedanken an Süsses wurde ihm schlecht.

Der Stein der Grotte hatte einen salzigen, rauchigen Geschmack, den er sehr mochte, und er fuhr mit der Zunge darüber, aber nur über die unbemalten Stellen, aus Angst, die Zeichnungen zu beschädigen. Der Gedanke gefiel ihm, dass dieser Geschmack vom Rauch der Millionen von Feuern kam, die man früher hier entfacht hatte. Er stellte sich die Grotte vor, in der Nacht, im flackernden Licht der tanzenden Flammen, in dem sich die Gestalten bewegten, als ob sie lebendig wären. Aber er hatte kein Feuer. Das einfallende Licht war das der Mondnacht, kalt und silbern, das die Geister zum Leben erweckte. Da tauchten Bilder wieder auf, Töne, ungeordnete Bruchstücke einer Zeit, die er kurz vor der Grotte ansiedelte. Wie der Schatten der leeren Akazie, unter der sich seine Eltern und seine Brüder nun nicht mehr aufhielten. Wie seine erfolglose Suche im Lager, seine Fragen an Amir und dessen Antwort, als er lachend sagte: Nun, sie sind weg, Yumai! Hast du sie wirklich nicht gehen sehen? Sie sind jetzt weit weg, werden woanders bewacht, es ist besser, du vergisst sie, du wirst sie nicht wiedersehen, denn du bleibst bei mir. Nicht wahr, kleiner blonder Krieger, du bleibst doch bei mir? Und vor allem dieses Messer, das zu behalten Amir ihm erlaubt hatte, seit dem ersten Aufenthalt in der Grotte, dieses Messer in seiner Hand, dessen Klinge seltsamerweise mit Blut befleckt war, vielleicht hatte es ein anderer benutzt, um ein Tier zu zerlegen, ein

Huhn, ein Schaf, das wäre das erste Mal, dass sie frisches Fleisch zu essen bekämen, das Blut, mit dem die braunen Flecken zu erklären wären, die er von der Klinge abgewischt hatte, bevor er sich in den Unterarm schnitt. Jetzt, da er sich wieder daran erinnert, erfüllt ihn das Bild des Messers in seiner Hand mit Grauen. Er möchte, dass es aus einem dieser Albträume stammt, die er jede Nacht hat, in denen blutverschmierte Regenwürmer aus seiner Haut kriechen und sich dann in Monster verwandeln, blutige Muskeln mit Augen, in denen er als Passagier in Flugzeugen sitzt, die, von Schreien erfüllt, vor dem unvermeidbaren Absturz, der Explosion seines Körpers ungebremst Richtung Boden rasen. In der Grotte vertrieb er dieses Bild der blutverschmierten Klinge oft und schleuderte schliesslich das Messer möglichst weit vom Berg weg, um es los zu sein.

Von da an sass er im Schneidersitz in der roten Zone und wartete auf Rettung, darauf, dass die beiden Brüder wiederkommen würden. Er erforschte die auf den Stein gezeichnete Welt genauer, versuchte, ihre Geheimnisse zu entschlüsseln und das geringste Freundschaftszeichen zu erkennen. Er fand die langgestreckte Silhouette des Mannes mit dem über der Brust abgewinkelten linken Arm wieder, an der Stelle des Mundes ein schwarzer Strich, der sein Zeigefinger zu sein schien, als ob er Stille gebieten oder raten würde, das Geheimnis zu wahren. Dieser Mann war anders als die anderen, auch deshalb, weil er ihn mit Augen, zwei weissen Ovalen mit einem schwarzen Punkt in der Mitte, ansah. Seinen rechten Arm hielt er gen Himmel, und der gestreckte Zeigefinger dieser Hand schien auf etwas zu zeigen. So verwies der Mann auf etwas, was man nicht sagen oder verraten durfte.

Aber oberhalb des Mannes begann bereits die dunkle Zone, und lange Zeit sah er dort nichts. Vielleicht gab es dort auch nichts zu sehen. Es war der Himmel, über den man nicht sprechen durfte, das Universum, das Sichtbare und Unsichtbare mussten geheim bleiben. Bis zum Morgen, als er dort vor dem Mann stand und die Sonne, die in die Grotte schien, einige Minuten lang das beleuchtete, was den Rest des Tages im Dunkeln blieb. Was der Mann zeigte, erschien ganz deutlich an der Wand, acht regelmässig voneinander entfernte weisse Punkte, die eine Figur bildeten, ein Viereck, dessen Eckpunkte mit Strichen verlängert waren, genau wie bei einem Sternbild. Yumai kannte sich mit Sternbildern nicht aus und wusste nicht, ob es dieses wirklich gab. Es war durchaus möglich. Es musste für die Menschen von früher viel bedeutet haben, das Geheimnis aller Dinge, die unerreichbare Welt mit dem Schlüssel zu den Rätseln. Kurz bevor das Bild wieder im Dunkeln verschwand, taufte er es auf den Namen »Sternbild des Geheimnisses«. Am selben Abend, lange nach Einbruch der Dunkelheit, setzte er sich auf die Plattform und versuchte, es von dort aus zu erkennen. Doch es gab so viele Sterne, dass er es überall sah. Nach der zehnten Möglichkeit blieb sein Blick an einem Sternhaufen hängen, der sich wie eine pulvrige, dunstige Wolke in der Milchstrasse abzeichnete und zu flackern schien. Vielleicht begann er schon mit zum Himmel gerichteten offenen Augen einzuschlafen und zu träumen. Fest steht, dass er sich in genau diesem Augenblick vom Sternbild des Geheimnisses aufgenommen und geschützt fühlte. In der darauffolgenden Nacht konnte er im Dunkeln weder das Sternbild noch die Sternwolke wiederfinden.

Von da an hatte die Grotte zwei Pole, die rote Zone und das Sternbild des Geheimnisses, von denen er gleichermassen angezogen wurde. Vor beiden gelang es ihm, sich dem Schmerz zu entziehen und in die Welt von früher zu gelangen. Wenn sich die beiden Brüder der roten Zone auch nicht mehr zeigten, so blieben sie durch sein Blut auf dem Stein gegenwärtig. Man brauchte ihn nur anzuschauen, dort standen sie wie unsichtbare Schutzengel, bereit, ihm zu Hilfe zu kommen, genau das Gegenteil seiner eigenen zerstörten Bruderbeziehung. Denn Louis hätte seine Hand auf die kleine Hand neben der grossen legen können, sie hätte genau daraufgepasst. Die von den beiden Brüdern bewohnte rote Zone weckte die Erinnerung an einen laut lachenden, aus vollem Hals singenden, ihn zum Mittanzen auffordernden Louis.

Auf der anderen Seite entsprach der roten Zone das Sternbild des Geheimnisses. Der Mann, den er Mutus getauft hatte, gebot, Stillschweigen zu bewahren über die auftauchenden Erinnerungen, in die sich zu anderen Tageszeiten geheimnisvoll beunruhigende Bilder mischten. Er solle alles für sich behalten, denn das ganze Universum und das Leben auf Erden könnten nur unter der Bedingung bestehen bleiben, dass das Geheimnis gewahrt werde. So zumindest verstand er dieses Zeichen. Seit einiger Zeit bewegte Yumai eine Reihe geheimer Gefühle, die er nicht aussprechen konnte, unter anderem ein seltsames Sich-hingezogen-Fühlen zu Antoine, das dieser nicht zu erwidern schien, nahezu Hass auf die Frömmeleien seiner Mutter, Verachtung für die nicht eingestandene Schwäche seines Vaters. Gefühle, die ihn manchmal zur Verzweiflung brachten, weil er sie nicht ausdrücken konnte. Beim Anblick von Mutus, daran erinnert er sich, dachte er, dass Geheimnisse vielleicht letztlich etwas Gutes waren. Dass die Harmonie zwischen ihm und der übrigen Welt davon abhing. Dass es besser war, das, was er im Innersten fühlte, nicht nach aussen zu kehren. Gegenüber den Übergriffen der anderen, die sich überall zur Schau stellten und immer alles wissen wollten, riet ihm Mutus, sich zu verschanzen und dort den unaussprechlichsten und zwangsläufig wahrsten Teil von sich zu verbergen.

Eines Morgens, als er das Sternbild des Geheimnisses betrachtete und dieses auf einmal von einem Sonnenstrahl beleuchtet wurde, dachte er plötzlich, dass es sich um das Abbild der Grotte handeln musste. Das Viereck verkörperte ihren Raum, die Striche ihre Wände. Mutus verlangte also, über die Grotte selbst Stillschweigen zu bewahren. Bestimmt war sie zur Zeit der Menschen von früher viel mehr als nur ein wunderbar verzierter Palast gewesen, eher ein geheimes Versteck, ein Schutz vor allen Gefahren, eine unsichtbare Festung, in der jeder dem Fels das anvertrauen konnte, was ihm am kostbarsten oder am bedrohtesten erschien. Das war wohl vor allem das eigene Leben, symbolisiert durch die Spur der eigenen Hand.

In diesem Augenblick beschloss er, niemals über die Grotte zu sprechen oder nur so, dass man sie nicht lokalisieren konnte, wenn Amir sie nicht zerstört hatte und er überleben sollte. Er fragte sich, ob sie den Spezialisten für Urgeschichte schon bekannt gewesen war, ob von ihr in Büchern die Rede war, ob sie fotografiert worden war, ob Wissenschaftler die Zeichnungen gedeutet hatten, ob sie zum

Beispiel erklärt hatten, warum so viele Hände nur vier Finger hatten, warum die Männer am Ufer, die sich im Wasser spiegelten, kein genaues Spiegelbild ergaben, warum die Silhouetten verkehrt, mit dem Kopf nach unten dargestellt waren. Er hoffte, dass dies nicht der Fall war. Er hoffte, der Erste und vor allem der Einzige zu sein, der dieses grosse Bilderbuch aus früheren Zeiten liebte, seinen Zeichen und Geistern Respekt entgegenbrachte.

Er erinnert sich, dass er sich ganz hinten in der Grotte verkrochen hatte, in der dunklen Zone, die nie von der Sonne erreicht wurde und mit vielen Zeichnungen bedeckt war, die er nicht erkennen konnte, aber von wo aus man die Festung in ihrer gesamten Ausdehnung sah, ganz am Ende verschlossen durch ein Tor aus Licht. Er kauerte dort mit angezogenen Beinen und war wahrscheinlich nur halb bei Bewusstsein, denn er ass nicht mehr, schlief kaum, als er eine unscharfe, verschwommene Silhouette sah, die sich auf der leuchtenden Leinwand des Eingangs abzeichnete. Dann hörte er, wie sein Kriegername unter dem Gewölbe so stark widerhallte, dass er plötzlich aus seiner Benommenheit gerissen wurde. Es war Usman. Er antwortete nicht. Am liebsten wäre es ihm gewesen, er hätte ihn ganz hinten im Dunkeln gar nicht gesehen und wäre wieder abgefahren, weil er dachte, der kleine Franzose sei geflohen. Doch Usman stellte eine Tasche auf den Boden, holte sein Telefon aus der Uniformtasche und suchte den Hintergrund der Grotte mit dem Lichtstrahl der Lampe ab. Als er ihn entdeckte, nahm er die Tasche wieder auf und setzte sich neben ihn. Er sagte zu ihm, dass Amir sich wegen seines Arms sorge, dass er sich überhaupt sorge, weil dieser Junge offensichtlich etwas verrückt sei.

Usman zerrte ihn in die Sonne hinaus. Das Salz hatte die tiefen Wunden nicht gut vernarben lassen, er erinnert sich, dass es noch weh tat, als Usman eine Plastikflasche mit farbloser Flüssigkeit und ein weisses Tuch aus seiner Tasche holte, die Wunden sorgfältig reinigte und dann seinen Arm verband. Er verspürte ein eigenartiges Gefühl, eine Mischung aus Angst, Freude und Stolz, so von Usman, Amirs rechter Hand, behandelt zu werden, dem gefürchteten Krieger mit Bart und langen Haaren, der sich damit brüstete, auf unterschiedliche grauenhafte Art und Weise in zwei Jahren elf ungläubige Soldaten und Offiziere umgebracht zu haben, und dies gern ausführlich erzählte.

Usman hatte seine Tasche und sein Telefon in der dunklen Zone liegenlassen. Yumai konnte der Versuchung nicht widerstehen, das Telefon aufzuheben, um mit dem Lichtstrahl der Lampe die Wände zu erkunden, die er nie hatte sehen können. Die kostbarsten Figuren befanden sich zweifellos dort, auf den Flächen, die man nur beim Schein eines Feuers bemalen und betrachten konnte. Er hatte genug Zeit, ganz deutlich ein umschlungenes Paar beim Liebesspiel zu erkennen, das erste, das er sah, und ein Stück weiter oben eine grosse gelbe Scheibe, wahrscheinlich eine Sonne, bevor Usman ihm den Apparat aus der Hand riss und schrie, es sei eine Sünde, diese Dinge anzuschauen. Er habe ihm etwas viel Lehrreicheres auf seinem Telefon zu zeigen

Einige Zeit nachdem Usman weggefahren war, ein paar Stunden oder ein paar Tage danach, er könnte es nicht mehr genau sagen, begann er die Hände zu zählen, daran erinnert er sich. Er hat auch gar keine Vorstellung mehr davon, an wie vielen Tagen er sie zählte. Er begann damit auf der einen Seite der Grotte, alle Hände, die er sehen konnte, ohne auch nur einen Winkel auszulassen. Dabei unterschied er gewissenhaft zwischen den Händen, die auf anderen lagen, und denen, die von Zeichnungen aus späterer Zeit zur Hälfte überdeckt wurden. Einmal brach er vor Müdigkeit zusammen, konnte jedoch nicht einschlafen, und als er sich wieder aufraffte, hatte er die Zahl vergessen und musste von vorn beginnen. Einige Tage gingen so dahin mit dem Händezählen, halb in Trance, er trank von Zeit zu Zeit, doch ass er nie etwas, wie er glaubt, und schlief nur wenig in der Nacht. Heute ist er nicht mehr sicher, ob die Zahl schliesslich 3257 oder 2357 war. Tausende von Händen, ein ganzer Saal voll geöffneter, zu ihm hingestreckter Hände, manchmal schienen sie ihn aufzunehmen, dann wieder auf geheimnisvolle Weise anzuflehen.

An einem anderen Tag, nachdem Usman weggefahren war, erwachte er mit dem unwiderstehlichen Bedürfnis, sein Messer wiederzufinden. Er suchte es stundenlang in praller Sonne am Fuss des Berges, umsonst. Seit er es weggeworfen hatte, hatte Wind geweht, und nun lag es bestimmt unter einer Sandschicht. Er erinnert sich nicht mehr daran, warum er dieses Messer suchte, was er damit machen wollte. Denn es gab in der Grotte weder etwas zu schneiden noch – und das war schade – Tiere zu töten. In diesem Augenblick träumte er davon, ein Jäger zu sein, der mit dem Bogen, mit der Lanze jagte, er stellte sich das Vergnügen vor, wenn er das Tier mit dem Messer zur Strecke brachte. Aber hätte ein Traum ausgereicht, um so viel Sand wegzuschaffen? Am plausibelsten wäre es gewesen, dass er die Absicht gehabt hätte, eine Zeichnung oder seinen Namen Yumai in den Stein zu ritzen. Er erinnert sich, dass er weinte, als er seine Suche bei Einbruch der Dunkelheit einstellen musste. Und dass er keine Kraft mehr hatte, bis zur Grotte hinaufzuklettern. Er erwachte ganz steif vor Kälte auf einem Sandstreifen auf halber Höhe, kurz vor Sonnenaufgang, als die frischen Farben des neuen Morgens sich abmühten, die verlorene Welt wieder zum Leben zu erwecken.

Erst heute, wenn er noch einmal an manche Ereignisse der letzten Tage in der Grotte denkt, an das Zählen der Hände, die Suche nach dem Messer, tauchen die Bilder wieder auf, die ihm Usman auf seinem Telefon gezeigt hatte. Aber er ist sich nicht mehr sicher. Dieser Augenblick erscheint verschwommen, unscharf in seiner Erinnerung und vermischt sich mit der Panik, die in ihm hochsteigt. Sah er wirklich nacheinander auf dem Telefondisplay seinen Vater, dann seine Mutter, dann Clément, alle in der gleichen Haltung, kniend, die Arme hinter dem Rücken gefesselt, mit gesenktem Kopf, und gleichzeitig Adam hinter seinem Vater stehend, Idris hinter seiner Mutter, Ibrahim hinter Clément, alle drei in der gleichen Uniform wie der, die auch er in der Grotte trug und die auch Amirs junge Leibwächter noch nie zuvor getragen hatten? Er ist sich nicht sicher, das Bild war verwackelt, und das Telefon in Usmans Hand zitterte auch, aber vielleicht war es ja seine, ja, es war seine Hand, die das Telefon hielt und vor diesen Bildern zitterte, sie erinnerten ihn an die Scheinhinrichtung, aber damals war seine Mutter nicht ganz in Schwarz gewesen, nein, es war etwas anderes, ein anderes Mal. Und direkt nach Clément erschien Louis, nur die Schulter und das T-Shirt von Louis, ein Stück Uniform dahinter, vielleicht gerade so lange, dass er es sehen konnte, bevor er das Telefon wegwarf, danach weiss er nichts mehr, in seinem Kopf stoppt das Video, kein Bild mehr, nichts. Nur noch Angst. Denn jetzt fragt er sich, wie diese Aufnahmen nach der Trennung hatten gemacht werden können, da seine Eltern und seine Brüder weit weg sein sollten, von anderen bewacht, wo man doch hinter ihnen wie in Habtachtstellung, mit gespreizten Beinen und finsterem Blick, die ihm bekannten Gesichter seiner eigenen Bewacher sieht. Und sich diese Bilder auf Usmans Telefon befanden.

Er erhebt sich von seinem Bett. Er hasst dieses Bett mit der weichen Matratze und alles, was sich in dem Gästezimmer seiner Grossmutter befindet, in dem sie andächtig tausend Andenken an ihren Ehemann aufbewahrt, den Grossvater, den er nicht gekannt hat, seine Kleider im Schrank, die Toilettenartikel im Bad. Er hasst diesen süsslichen Geruch nach Bohnerwachs und anderen Putzmitteln, die gold-blau gestreifte Tapete an den Wänden, die schweren, dunklen Möbel, wie stehende Särge, die, wie sie sagt, von ihren Eltern stammen. Er trägt nur Boxershorts, aber ihm ist heiss, sogar beim offenen Fenster, an dem er steht, und er ist verzweifelt beim Anblick der kleinen, von Laternen beleuchteten, makellos weissen Gebäude, die zwischen winzigen Bäumen eng beisammenstehen, alles unter dem wie immer von einem gelben Schleier verschlossenen Himmel. Einem Himmel, der niemals ein echter Himmel ist, nur ein bleierner Deckel über einer erloschenen Welt von Schlafenden. Er bricht in Tränen aus. Er weiss nicht, worüber er weint, über das Sternbild des Geheimnisses oder Louis' Schulter, Louis in demselben T-Shirt, in dem er ihn dort so oft in die Arme genommen hat. Er möchte weg. Er hat noch immer diese Angstattacken, die ihm Herzklopfen verursachen. Er geht ins Badezimmer und hält den Kopf lange unters Wasser, lässt es in Strömen über Gesicht und Hals fliessen, trinkt jedoch nicht davon.

Er erinnert sich, dass er in der Grotte seit vielen Stunden, vielleicht seit Tagen kein Wasser mehr gehabt hatte, als sie ihn holen kamen. Er hatte sich in der roten Zone zusammengekauert und geglaubt, er werde sterben, er war so erschöpft, dass er nicht einmal traurig war, dass alles in der Gesellschaft der Menschen von früher enden würde. Die von heute waren fast alle da, Amir, Usman, Tajoud, Idris, Darling, sie, die ihm alles beigebracht hatten. Sie gaben ihm zu trinken, hoben ihn vom Boden auf, lachten, sagten zu ihm, dass andere an seiner Stelle schon gestorben oder verrückt geworden wären, dass er jetzt ein richtiger Krieger sei. Amir befahl, ihm sein langes Uniformhemd auszuziehen und ihm zur Erfrischung einen Kanister mit Wasser über den Körper zu giessen. Dann nahm er ihn fest in die Arme und sagte zu ihm: Mabruk, mabruk, Yumai. Er verstand nicht, warum, aber er erinnert sich daran wie an einen grossen Augenblick des Glücks. Heute glaubt er zu wissen, dass sie die Geburt eines Kriegers feierten.

Gern wäre er zumindest einen Augenblick allein geblieben, um von den beiden Brüdern aus der roten Zone und von Mutus Abschied zu nehmen. Noch einmal, denn vielleicht war es das letzte Mal, wollte er alle diese wunderbaren Figuren betrachten, den hilfreichen Händen danken, die Bogenjäger grüssen. Bevor er sich wegtragen liess, warf er einen letzten Blick auf Mutus, das Bild, das ihn seither begleitet und dem er getreulich gehorcht, als ob er so das schönste Geheimnis der Welt bewahrte.

Er konnte sich nicht auf den Beinen halten. Er antwortete nicht, als sie ihn fragten, was er mit seinem Messer gemacht habe. Sie halfen ihm, Amirs Motorrad zu besteigen, und banden ihn, seine Arme um die Taille, mit einem Strick fest. Vor dem Wegfahren schrien die Männer, dass Allah der Grösste sei, und schossen Gewehrsalven in die Luft, die in den Bergen widerhallten.

Er erinnert sich nicht mehr an die Fahrt, aber sehr wohl an die Rückkehr ins Lager, wegen des Videos, das sie gleich danach drehten. Sie banden ihn von Amir los, trugen ihn bis zu seinem Zelt, legten ihn auf die Matte. Sie zogen ihm die Uniform aus, waren erstaunt und zufrieden mit seiner Magerkeit, zogen ihm seine Shorts und sein T-Shirt an, die noch immer genauso schmutzig waren. Amir kam, hielt ihm einen englischen Text auf einem Blatt Papier hin und sagte, er müsse ihn auswendig lernen, sie würden ein Video machen. Er solle ihn gut lernen, brauche es aber nicht zu glauben, es sei ein Bluff, aber er solle ihn sehr traurig vortragen, und wenn er weinen könnte, dann wäre es noch besser. Er war dermassen erschöpft, dass er sich den Text nicht merken konnte. Und Tränen kamen auch keine.

Zwei Tage lang wurde er von Tajoud und Idris bewacht. Zuerst in Usmans Zelt, wo ihm die Jungen zu essen und zu trinken gaben und ihm Geschichten erzählten, bei denen er kaum zuhörte und von denen er nur Bruchstücke behielt. Ein Haschischblock war im Lager eingetroffen, die Jungen konsumierten ununterbrochen davon, und das Zelt war mit Rauch erfüllt, der auch ihn benommen machte. Ihre Geschichten hatten bestimmt viel mit ihrem Rauschzustand zu tun, Geschichten von ihren Dörfern, gestohlenem Vieh und der Bestrafung des Diebs, brutalen Initiationsriten, die im Geheimen praktiziert wurden, denn der Imam hatte sie verboten, und Geschichten von ihrem Dschihad, von Dämonen, die aus dem Grabmal des Marabut entflohen waren, den Amir mit einem Bulldozer hatte zerstören lassen, von der Hand des Diebs, die er abgeschlagen hatte, die sich aber noch bewegte. Er erinnert sich nur an Geschichten von Gewalt und Blut, an den beissenden Haschischgeruch und dazwischen langes verrücktes Gelächter. Einmal fragte er sie, wo seine Eltern und seine Brüder seien, um zu überprüfen, was Amir ihm gesagt hatte. Darauf antworteten sie, dass nur Gott es wisse und Lob sei Gott.

Nach diesen zwei Tagen fühlte er sich wohl, er hatte Louis' schreckensstarren Blick und das blutverschmierte Messer vergessen, wie Bilder aus einem Traum. Er begann sich frei im Lager zu bewegen, die Männer, die ihn vorbeigehen sahen, luden ihn ein, in ihrem Zelt Tee zu trinken, eine Glückspille zu nehmen. Er fragte sich tausendmal, ob er noch ihr Gefangener war oder ob sie ihn als einen der Ihren angenommen hatten und warum. Sogar an den Treffen nahm er teil, die Amir in seinem Zelt abhielt, um die kommenden Aktionen zu besprechen. Die nächste würde zwar schwierig sein, aber grossartig, wenn Gott es wollte, die ganze Welt würde dann von ihnen sprechen. Es handelte sich darum, einen Militärposten an der Grenze einzunehmen, der von etwa hundert Soldaten besetzt war, möglichst wenige während des Angriffs umzubringen, die anderen gefangen zu nehmen und einen schönen Film über ihre Hinrichtung zu drehen, mit Kämpfern, die in makelloser Uniform als Rächer auftraten, vielen Fahnen, mehreren Kameras, Kamerafahrten und Grossaufnahmen, einem wortgewaltigen Kommentar, heroischer Musik, Einblendungen von Koransuren in Flammenform. Amir beschrieb alle Einzelheiten des Films mit ebensolcher Genauigkeit wie die der Militäraktion. Sie brauchten Geld, um eine andere Gruppe anzuwerben, um Granatwerfer und Munition zu kaufen und vor allem ein Dutzend Geländewagen und auch zwei richtige Kameras, doch Amir sagte, ohne weitere Details zu nennen, er wisse, wie sie dazu kämen, wenn Gott es wolle. Jetzt erst versteht er, wie er zu dem Geld gekommen ist.

Er würde gern hinausgehen, aber er weiss, dass der Hauseingang bewacht wird. Er geht vom Bad ins Zimmer, vom Zimmer ins Bad, er betrachtet erstmals alle Toilettenartikel seines Grossvaters genau, Gegenstände von früher, fast so alt wie die Bögen und Pfeile, ein Rasiermesser mit Griff, ein Rasierpinsel, ein Schildpattkamm, eine Zahnbürste mit einem Metallgriff, er sieht sich im Spiegel mit seinen schulterlangen Haaren, die Amir so gern streichelte.

Er erinnert sich, dass er vor Verlangen brannte, ihn bei seiner Aktion gegen die Soldaten zu begleiten. Er fühlte eine überschäumende Energie in sich, zu kämpfen und zu töten wie sie, mit der gleichen Kraft und Grausamkeit. Er fragt sich, woher dieser Hass, diese Gewalt kamen, die ihn antrieben und in eine seltsame Euphorie versetzten. Die Mut- und Glückspillen können nicht alles erklären, zumal er keine mehr nimmt, seit Amir ihn verkauft hat, doch er weiss, er fühlt es, dass diese Gewalt noch in ihm ist, jederzeit hervorbrechen und die Welt zerstören kann. Er stellt sich vor, dass er der einzige Überlebende ist.

Ihm wird immer heisser, er hasst diese feuchte Sommerhitze hier und lässt ein kaltes Bad einlaufen. Der Kanister, den sie in der Grotte über ihn leerten, fällt ihm wieder ein. Und diese Gewalt in ihm, jetzt erinnert er sich sehr gut daran, er suchte Amir auf, an einem dieser Tage, als der Anführer seinen Coup plante und den Preis für die Ausrüstung berechnete. Er bat ihn, ihm seine Uniform zurückzugeben, die er in der Grotte getragen hatte, er konnte seine Kinderkleider nicht mehr ausstehen. Amir antwortete ihm, er habe momentan nicht genug Uniformen, vor allem nicht für einen kleinen Krieger, einen Anfänger, der sein Messer verloren hatte. Die Uniformen seien für die erfahrenen Kämpfer und für die Sonderaktionen gedacht. Dann hielt er ihm ein Messer hin und sagte: Nimm das, ich gebe dir keine Uniform, aber ich gebe dir ein Messer, weil du sehr gut damit umgehen kannst.

Er nahm das Messer, daran erinnert er sich, er spürt noch den Kontakt mit dem geriffelten Metall auf der Handfläche und den Fingergliedern, er hält es fest, genauso wie man es halten muss, um zu töten, die Bilder kommen wieder zurück, die Klinge direkt ins Herz oder, wie bei den Feinden des Propheten, das hatten sie ihm in diesem Unterricht beigebracht, die Klinge direkt an die Kehle, dann eine Hin-und-her-Bewegung, die man ihm gezeigt hatte und die er schliesslich eines Tages tatsächlich ausführte, er sieht noch Louis' schreckensstarren Blick, aber jetzt auch den Stich, den er ihm versetzte, er erinnert sich genau an seinen zarten Hals und das Blut, das herausspritzte.

Er muss noch weiter töten, er muss weg, um zu töten, aber er kann nicht hinaus. Er muss eine Waffe finden, eine Klinge. Hier hat er zum Töten die Rasierklinge seines Grossvaters vor sich, unter den noch immer roten Narben an seinem Arm schneidet er sich jetzt noch tiefer in die blauen Adern seines Handgelenks, er verspürt keinen Schmerz, er sieht das Blut, noch immer, schon wieder dasselbe Blut, das auf den weissen Fliesenboden tropft. Er sitzt auf dem Rand der Badewanne, er zittert, schliesst die Augen, kippt in das kalte Wasser und das Vergessen.

7

– Guten Morgen, Yumai
ich freue mich, dich wiederzusehen
ich freue mich sehr
wirklich

du kannst dich bei deiner Grossmutter bedanken.

– Ich will mich bei niemandem bedanken.

– Bist du nicht froh, dass du überlebt hast?
Dass du am Leben bist?

– Am Leben … ich bin nicht am Leben

niemand ist hier am Leben
und noch weniger in einem Krankenhauszimmer.

– Aber es ist doch schön, dieses Zimmer, gross, ganz weiss,
fast leer
du hast doch immer mein kleines Büro gehasst

es müsste dich an die Wüste erinnern.

– Sehr witzig

in der Wüste gibt es keine Fenster und keine Türen ohne Klinken
und auch keine weichen Plastikmesser
wenn ich mich recht erinnere.

– Die Ärzte sagen, sie haben die Wunde im Griff, aber sie möchten dich noch hierbehalten

sie fürchten, dass du noch einmal eine Dummheit begehst

wie geht es dir, Yumai?

ich mache mir Sorgen um dich

du bist unglaublich blass

fast durchsichtig.

– Ich habe wahrscheinlich kein Blut mehr

in meinen Adern sind nur noch Beruhigungsmittel

ich schlafe die ganze Zeit
ich habe das Gefühl, eine Larve zu sein

warum sind Sie gekommen?

wollen Sie, dass wir hier mit dem Debriefing weitermachen?

– Nein, deshalb bin ich nicht gekommen

wir hören ganz auf damit, Yumai, es ist aus

ich bin nur gekommen, um dich zu fragen, was dich gepackt hat, was dir durch den Kopf gegangen ist.

– Ich weiss es nicht

es hat mich einfach gepackt

etwas, was ich unbedingt tun musste

mir war heiss, ich konnte nicht mehr atmen

ich habe mir keine Frage gestellt.

– Wirklich ganz ohne besonderen Grund?

– Ich musste weg

ich muss weg, und man sperrt mich hier ein.

– Wohin musst du denn?

– Dorthin.

– Du möchtest zu ihnen zurück?

Sie sind Monster, Yumai, sie sind das Böse auf der Welt
sie töten um des Tötens willen, ihr Hass auf die Menschen ist grenzenlos, weil er keinen Grund hat

ausser den Wahnsinn, die Grausamkeit, sie sind entfesselte wilde Bestien, das Furchtbarste, was Menschen sich ausdenken können

auch dich hassen sie, und du willst wieder zu ihnen zurück.

– Auch ich bin ein Monster

ich kann nur bei ihnen leben.

– Warum sagst du, dass du ein Monster bist?

– Weil dieser Wahnsinn, von dem Sie sprechen
diese Grausamkeit

in mir ist.

– Woher weisst du das?
Warst du so grausam, so grausam wie sie?

Irgendeinmal in deinem Leben?

– Es ist in mir
ich kann Ihnen nicht sagen, woher ich es weiss

aber ich weiss es.

– Sag das nicht
wenn du Grausamkeit in dir fühlst
nicht die gewöhnliche Grausamkeit, die wir alle haben, sondern die, die einen dazu bringen kann, jemandem weh zu tun, aus keinem anderen Grund als für den Blick des Opfers
dazu, aus Spass zu töten
wenn du das in dir fühlst, dann, weil diese Monster es dir eingegeben haben

das kann verschwinden, wie es gekommen ist, das ist keine unheilbare Krankheit

aber ich frage mich, wie du dir so sicher sein kannst

du hast viel erlitten bei ihnen

die Mörder, das sind sie.

– Ich bin wie sie.

– Empfindest du Sympathie für sie?
Das gibt es ziemlich häufig
wenn es einem Entführer gelingt, die Entführung vor seiner Geisel zu rechtfertigen, dann beginnt diese Sympathie für ihn zu empfinden
manchmal sogar Liebe, das ist schon vorgekommen.

– Amir hat mir viel beigebracht
das ist alles

er hat mir so schöne Dinge geschenkt, dass ich gar nicht darüber sprechen kann

und Tajoud

und Idris und Ibrahim und Adam
sie wurden entführt wie ich
und für sie ist kein anderes Leben mehr möglich als dort mit Amir

sie sind nicht meine Entführer

sie sind jetzt meine Brüder

sie fehlen mir.

– Ich frage mich, was deine wirklichen Brüder, Clément und Louis, denken würden, wenn sie dich hörten

vor ein paar Tagen hast du mir gesagt, dass Louis dir fehlt
fehlt er dir denn nicht mehr?

– Ich werde nie mehr mit Louis leben können.

– Ich hätte gerne, dass du mir sagst, warum.

– Sie gehen mir auf die Nerven
wie viele Stunden pro Tag dürfen Sie das eigentlich?

– Es ist nicht so anstrengend, mir zu sagen, warum du nie wieder mit ihm wirst leben können
ein Satz genügt

warum hat er dir vor drei Tagen gefehlt und heute nicht mehr?

Hat es mit seinem entsetzten Blick zu tun?
Diesem letzten Blick auf dich?
Hast du noch einmal an diesen Blick gedacht?

Hast du diesen Blick wiedergesehen?

Du hast dich gefragt, ob du ihm weh getan hast

hast du eine Antwort auf diese Frage gefunden?

Vielleicht wirst du nicht mehr mit ihm leben können, weil du ihm weh getan hast?

Du kannst es mir sagen, Yumai
ich bin bereit, alles zu verstehen, was du mir sagst

alles

sag es mir

lass Yumai jetzt einmal beiseite, und sag mir, dass Louis tot ist.

– Haben Sie erfahren, dass Louis tot ist?

Und die anderen?

– Jetzt weisst du, dass Louis tot ist, und die anderen sind es auch.

– Lassen Sie mich raus.
– Wir lassen dich nicht hinaus
erst wenn du wieder Baptiste geworden bist, lassen wir dich gehen.

– Nein

nein, dieser Baptiste, den Sie suchen, ist auch tot
er wird nie mehr wiederkommen

wie haben Sie es erfahren?

Seit wann wissen Sie es?

– Seit man dich gefunden hat, neben diesem Brunnen, bei dem sie dich bewusstlos zurückgelassen hatten sie hatten dir eine so starke Dosis eines Schlafmittels gespritzt, dass man damit einen Elefanten hätte einschläfern können, ich nehme an, so war es einfacher, dich zu transportieren

und vielleicht wollten sie eine lästige Abschiedsszene vermeiden

sie hatten eine Speicherkarte in deine Tasche gesteckt

mit dem Video

dem vierten Video

es sind Monster

sie wollten dir ein Leid zufügen, das fast schlimmer ist als der Tod

und sie wollten, dass wir wissen, was du getan hast

wir haben darauf gewartet, dass du dich daran erinnerst

jetzt, da du dich erinnerst, können wir dir helfen

du musst wissen, dass das, was in diesem Video zu sehen ist, nie gezeigt wurde und auch niemals gezeigt wird

sie selbst haben es nicht verbreitet, sie hätten es bestimmt getan, wenn sie das Lösegeld nicht bekommen hätten

das bleibt ein Geheimnis zwischen uns

aber du musst uns auch helfen

du musst uns sagen, was du uns bis jetzt verschwiegen hast und was uns helfen könnte, sie zu finden

es kommt nicht in Frage, sie am Leben zu lassen

wir müssen auch die Leichen finden

das kleinste Detail kann uns nützen, die Landschaften, die Form der Berge, Bäume

diese Grotte, von der du mir erzählt hast und die ein wertvolles Indiz sein kann

das kann ein paar Tage warten, ruh dich aus, denk nach

einverstanden?

– Ich dachte, wir hören mit all dem auf, es wäre Schluss

Sie werden mir nie helfen

Sie können mir nicht helfen.

– Ich lasse dich nicht im Stich

in ein paar Tagen komme ich wieder, und wir sprechen über alles.

– Sie brauchen nicht wiederzukommen

ich habe nichts mehr zu sagen

kein einziges Wort.

We Are Not Numbers
Junge Stimmen aus Gaza
Aus dem Englischen von Lorenz Oehler
Bilder von Malak Mattar
Vorwort von Pam Bailey und Nachwort von Alice Rothchild
173 Seiten, Hardcover
ISBN 978 3 85787 492 5

»Eine Gruppe Englisch sprechender Palästinenser, entschlossen, sich ihren Frust, ihre Wut, aber auch ihre Hoffnungen von der Seele zu schreiben.«
Le Monde

LENOS BABEL – DAS INTERNATIONALE PROGRAMM

Sinan Antoon
Irakische Rhapsodie
Roman
Aus dem Arabischen von Hartmut Fähndrich und Jinan Fierz
133 Seiten, Paperback
ISBN 978 3 85787 804 6
LP 204

»Sinan Antoon ist ein kunstvoll nüchternes, von Wogen schwarzen Humors durchzogenes Porträt seines Heimatlandes zur Zeit des ersten Golfkriegs gelungen.«
Frankfurter Allgemeine Zeitung

Ghassan Kanafani
Rückkehr nach Haifa
Roman aus Palästina
Aus dem Arabischen von Hartmut Fähndrich
96 Seiten, Paperback
ISBN 978 3 85787 800 8
LP 200

»Ein intimes Drama, das die Zerrissenheit und die Wut des palästinensischen Volkes rückhaltlos darstellt und zugleich auf erstaunliche Weise die Komplexität des Geschehenen kenntlich macht.«
Süddeutsche Zeitung